婚約破棄されたと思ったら
次の結婚相手が
王国一恐ろしい男だった件

登場人物紹介
ダシャ
ラフォン公爵家に仕えるメイド。
カトリーナの専属となる。
バルト
ストラリア王国の辺境を
治めるラフォン公爵。
地方騎士団の団長を務め、
暗黒の騎士という二つ名を持つ。
常に人を寄せつけず、
冷たい空気を放っている。
カトリーナ
貧乏なリクライネン子爵家の一人娘。
数か月前に前世の記憶を取り戻して以来、
ここストラリア王国での貴族令嬢の
生活を窮屈に感じている。
家の存続のため、国王に命じられるがまま
バルトのもとへ嫁ぐのだけど……

サーフェ
トラリス伯爵家の長男で、
カトリーナの元婚約者。
アンシェラ
サーフェが見初めた
ミステリアスな美女。
エミリオ
騎士団に所属する騎士で、
バルトの副官。
明るいムードメーカー。
カルラ
騎士団に所属する女騎士で、
バルトの副官。
カトリーナを目の敵にしている。
プリーニオ
ラフォン公爵家に仕える執事長。
バルトをいつも見守っている。

第一章　すべては婚約破棄から始まった

貧乏子爵家リクライネンの屋敷の一室――子爵令嬢カトリーナの自室。そこで、大変な事件が起きていた。

自室の中央に立っているのは、カトリーナ。彼女は目の前に立つ男性をまっすぐ見つめている。

彼はトラリス伯爵家の長男サーフェだ。カトリーナと同じ十八歳で、彼女の婚約者である。

貴族ゆえに政略的なものだが、結婚を誓い合った相手であるにもかかわらず、サーフェは今、カトリーナを睨《にら》みつけていた。

「俺は、自分にふさわしい女性と結婚したいと思っている。……だが、それは君ではない」

サーフェは片手を力強く握りしめ、もう片方の手で茶色い髪を掻き上げながら言った。

突然の拒絶に、カトリーナは動揺する。

そもそも、サーフェの来訪は唐突なものだった。カトリーナが自室でくつろいでいたところに、先触れもノックすらもなく、押し入ってきたのだ。その上に、この言い草である。意味がわからない。

「どうしてですか？　サーフェ様」

カトリーナは戸惑《とまど》いながら、彼に一歩近づく。しかしサーフェは一歩、後ずさった。

「わからないのか？　君のことを見損なったからだよ。君は、変わってしまった」

「私が……変わった？」

「あぁ。もちろん、君の深紅《しんく》の髪や、透《す》き通るような翡翠色《ひすいいろ》の瞳は変わらない。けれど、中身はすっかり変わってしまったじゃないか。俺の知っているカトリーナは、慎《つつ》ましやかで奥ゆかしく、とても可愛らしい女性だった。それなのに……」

サーフェの顔がぐしゃりと歪《ゆが》む。その表情には、困惑と苛立《いらだ》ちが満ちている。

「今の君は、どうしてそうなんだ！　前までの君だったら、俺の機嫌を損ねたら悲しげに頭を下げてきたじゃないか！　しかし今は頭を下げないばかりか、堂々と立って……それにその反抗的な目！　腹立たしい！　さっきばあやから、君は昼下がりにゴロゴロとソファでくつろいでいると聞いたぞ！　それに一番我慢ならないのは、その服装だ！　どこにそんな恰好をしている貴族令嬢がいるっていうんだよ！」

「なんのこと――」

問い返そうとしたカトリーナだったが、自分の着ている服に気づき、言葉に詰まった。

彼女が着ているのは、伸び縮みする布地で作った、膝上丈の簡素なワンピースだ。それは、カトリーナが作らせた、この世界で彼女しか着ていない特注もの。

ここストラリア王国では女性が足を見せるのは、はしたないこととされている。そのためスカートといえば、足首まであるものが一般的である。膝上丈などもってのほかだ。

こんな恰好をしている貴族令嬢はほかにいないため、カトリーナは言い返すことができない。誤魔化すように笑みを浮かべてみたが、引きつっていることだろう。

「ええと、これは異国の衣装を真似して作ったものでして……。お気に召さないとおっしゃるのでしたら、サーフェ様の前では着ないようにいたしますわ」

「確かにその服は気に入らないが、そういう問題じゃない！　なんで君は変わってしまったんだ！」

やっぱりまずかったかと思いながら、カトリーナは愛着のあるワンピースの裾《すそ》を摘《つ》まむ。

すると、サーフェが「ぐぐっ」とくぐもった声を上げた。彼は顔を赤くして叫ぶ。

「そんな風に持ち上げたら、太腿《ふともも》が見えるだろう⁉　ふしだらな！　君がそんな服を着ているのは、男を誘惑するためなのか⁉」

「え……？」

なんと突飛で、失礼な発言なのだろう。カトリーナはムッとして、顔をしかめてしまう。

しかし、すぐさまハッとした。

どうやらサーフェは、カトリーナが従順な女性でなくなったことが気に入らないらしい。それゆえに婚約を解消したいという話だが、カトリーナはそれでは困る。

なんとか彼に気を変えてもらわなくてはならない。

「そ、それよりもサーフェ様。婚約破棄など困ります。それに、私たちの婚約は、両家の政略的な思惑《おもわく》があってのこと。勝手に破棄するなんて、難しいでしょう」

「そんなことはない！　しないと言ったらしないんだ！　とにかく君とは結婚できない！　婚約は

破棄だ！」

サーフェは勢いよく踵《きびす》を返し、そのまま部屋を出ていった。

カトリーナは呆然として、その場に立ち尽くす。

しかし、バタバタと足音が近づいてきていることに気づき、我に返った。きっと両親がこの部屋に向かっているのだ。

ここは子爵家――すなわち貴族の屋敷だが、決して広くない。先ほどのサーフェの大声は、家中に響き渡ったことだろう。カトリーナの両親にも聞こえたはずだ。

そう考えていると、すぐに血相を変えた両親が部屋に駆け込んできた。その表情は鬼気《きき》迫っている。

「カトリーナ！　どういうことだい!?」

「カトリーナ！　どういうことですか!?」

両親に迫られ、カトリーナは思わず後ずさりした。しかし二人はその距離を簡単に詰めてくる。

顔が近い。毛穴がしっかりくっきり見える距離だ。当然、目じりの小じわもばっちり確認できる。

両親の圧力に耐《た》えきれず、カトリーナは明後日《あさって》の方向を見た。

すると両親はさらに問い詰めてくる。

「どどどど、どういうことだい!?　なんでサーフェ君は婚約破棄なんて言い出したんだい!?」

「そうです！　せっかく私たちがトラリス家との縁談を取りつけたのに！　もしこの縁談がなくなれば、お家断絶、お取り潰しは免《まぬか》れないのですよ!?」

そう、リクライネン子爵家は貧乏ゆえに、トラリス伯爵家に婚約を取りつけ、援助を依頼したのだ。

カトリーナが先ほどサーフェに『婚約破棄など困る』と言ったのも、そのためである。

リクライネン家は、かつて領地経営に長《た》けていると有名であったが、父が継いでからあっという間に落ちぶれ、日々の生活さえままならない零細貴族になってしまった。

そもそも、当主を継ぐはずだったのは、父の兄だった。

しかし彼が不慮《ふりょ》の事故で亡くなり、弟である父が継ぐことになったのだ。元々体が弱かったカトリーナの父は、兄の分までと奮闘した末に、本格的に体を壊し、執務がとれなくなってしまった。

そこで次に立ち上がったのは、商家の娘だった母。子爵夫人として事業を立ち上げ、かなりの手腕を見せた。

ところが数年前に人のよさが仇《あだ》となって詐欺《さぎ》に遭《あ》い、事業は破綻。子爵家は没落し、母は精神的なものから臥《ふ》せりがちになったのだ。

今や子爵家を立て直すには、支援してくれる貴族家に頼るほかない。

そういう経緯でなんとか取りつけた政略結婚だったのに、それが今、だめになった。

ちょっぴり鈍《にぶ》くて人がいい両親に親孝行するつもりだったカトリーナの心も、粉々である。

悲痛な叫び声を上げる両親を前に、彼女はうなだれることしかできなかった。

『カトリーナは変わってしまった』と、サーフェは言った。

それは確かに、その通りだった。

三か月前のある日、カトリーナに変化が起こったのだ。

熱が出たと思ったら、突然すさまじい頭痛がカトリーナを襲った。そして、その熱と頭痛が治まった時、彼女の頭の中は妙な記憶であふれていたのである。

それは――いわゆる、前世の記憶。

カトリーナは前世、日本という国で貧乏な田舎《いなか》暮らしをしていた。大学二年生の時に唯一の肉親だった祖母を亡くし、大学を中退して田舎《いなか》に戻ったのだ。

それからのことは、あまり覚えていない。ただ、薄ぼんやりとした記憶として、前世の自分を取り戻しただけだ。

とにもかくにも、いわゆる異世界転生というものをしたらしいので、きっと前世の彼女は死んだのだろう。その時の記憶はないが、病気ではなかったはずなので、事故死だったのではないか。

そんな前世の記憶には、この世界の社交界で通用するマナーなどは存在しない。

まったく異なる価値観や知識を得たことで、この世界に生まれて積み上げてきた『カトリーナ』という人格は、前世の記憶に引きずられるように変容した。

しかもカトリーナには使えないが、この世界には魔法まであるのだ。前世と今世では世界があまりに違いすぎて、異世界に転生したということを受け止めるのも難しかった。

こんなことを他人に言っても、信じてもらえるわけがない。

カトリーナは自分に起きた出来事を、隠し通すことに決めた。もちろん、以前と変わらず過ごすように、努力した。

しかし、それにはすぐ限界が訪れた。前世の記憶を持ったカトリーナにとって、この世界――特に貴族社会は窮屈《きゅうくつ》すぎたのだ。

無理は長く続かない。やがてカトリーナは、貴族社会の枠に収まろうとするストレスを、自宅でのリラックスタイムで発散するようになった。

ストレスの一因は、重くてゴテゴテした令嬢ドレス。そんな服を着ていては、いくら自室であろうとくつろげない。そこでカトリーナは、前世でよく着ていた部屋着のシャツワンピースに似たものを、侍女に頼んで作ってもらったのだ。

ちなみに、ワンピースに飽《あ》き足らず、ショートパンツやジャージも作ってもらった。あんなデザインのものはこの世界ではまだないので、ややりすぎだったと思っているが。

そこから気が緩《ゆる》んできてしまったのだろう。すべてがほころびはじめ――今ではこのざまである。

両親が去った後、カトリーナは途方に暮れてベッドに寝転んだ。

「はぁ……これからどうすればいいんだろ」

未来への希望が、持てない。つぶやいた言葉は誰に届くこともなく、消えたのだった。


翌日。

その日は王城で開催される夜会があり、カトリーナも招待されていた。

だが、父と母は夜会に出るわけでもないのに、朝早くから身支度を整えている。

「お父様、お母様。早朝から、どうしたの？」

「どうしたもこうしたもないだろう。トラリス家に行くんだよ。夜会までに、気を変えてもらわなくては」

父は切羽詰《せっぱ》まった様子で答えた。

おそらく、婚約破棄について話しにいくのだろう。

通常、女性が夜会に出席する場合、エスコート役の男性が必要だ。その男性は自身と近しい人物とされている。婚約者がいれば婚約者。いなければ、父親や兄などの親類が妥当なところだ。

昨日まで婚約者がいたカトリーナは、彼にエスコート役を頼んでいた。しかし婚約破棄を言い渡したのだから、彼はエスコート役をすっぽかす気でいるだろう。

そのためカトリーナの両親は、夜会までに婚約破棄を撤回してもらおうと、焦っているに違いない。

（……でも、サーフェ様の昨日の様子を考えると、難しいかもしれないな）

キッチリ正装した両親を、カトリーナは申し訳ない気持ちで見送った。

「では、カトリーナ。行ってくる」

「あなたはしっかりと夜会の準備をしているのですよ？　私たちがちゃんと話をつけてきますから」

「はい、行ってらっしゃい」

両親がキリッとした雰囲気で屋敷を出た、数秒後。二人は別人のように青い顔で戻ってきた。

「どうしたの？　忘れ物？」

カトリーナが尋ねると、両親はオイルを差し忘れたからくり人形のようなぎこちない動きで、一通の手紙を差し出す。

「これは……トラリス伯爵から私に？」

手紙はカトリーナ宛で、送り主はトラリス伯爵――サーフェの父親だった。

悪い予感しかしないカトリーナを、父が急《せ》かす。

「今そこで伯爵家の使いの者から受け取った。早く開けるんだ」

カトリーナは封を切り、手紙に目を通した。

「……げ」

貴族令嬢らしくない彼女の声を聞いて、父と母が慌てて手紙を覗《のぞ》き込んでくる。

「なんだ！　何が書いてあったんだ⁉」

「早く、早く見せなさい！」

手紙を読みはじめた二人の顔色は、青を通り越して土色へと変わっていく。

「トラリス家は、リクライネン家の令嬢であるカトリーナとの婚約を、正式に破棄することに決定した……？」

「今後、この件に関する訴《うった》えを一切禁じ、カトリーナはサーフェに近づかないようにすること……？」

（あぁ、やっぱり。昨日のサーフェ様は真剣だったからなぁ）

カトリーナは、自分のことなのにどこか他人事のように思った。

両親は絶望し、床に崩れ落ちる。

二人をどう慰《なぐさ》めようか。カトリーナは悩んだ末に、自分には無理だと諦《あきら》めた。婚約破棄の原因である自分に言えることは、何もない。

大人しく夜会に行く準備をしようと、その場から離れた。

向かう先は自室である。彼女は部屋の中に入ると、そのままベッドに飛び込んだ。

「あちゃー、やっちゃったなぁ。本当にまずった。まじ、どうしよう！」

ゴロゴロと寝転がりながら独り言を言うカトリーナ。一人きりだと気が抜けて、前世の口調にほとんど戻ってしまう。

彼女は、サーフェのことが嫌いではなかった。だから、両親と相談したうえで、リクライネン子爵家を存続させることができるならと、結婚を決意したのだ。

しかし、結果はこの通りである。

彼に振られ、両親を絶望させた。

政略結婚だったとしても、少しでも条件のよい結婚相手を、と必死で探してくれた両親に、申し訳ない気持ちでいっぱいだ。

「あぁ、憂鬱《ゆううつ》だ。本当に夜会に行きたくない。絶対に肩身の狭い思いをするじゃない」

しかし、王城での夜会を『行きたくない』という理由で欠席することなどできない。

カトリーナはしぶしぶ、夜会の準備を始めたのだった。

そして、その日の夜。

カトリーナは一人で夜会に出席した。エスコート役は誰もいない。父親にエスコートを頼もうと思ったが、今朝の一件のせいか熱を出してしまい、頼める相手がいなくなってしまったせいだ。

カトリーナは寂しい気持ちでいっぱいで、自然と壁の花になる。

そのまま会場をぼんやり見回した次の瞬間、驚くべき光景に目を見開いた。

「サーフェ様……と、誰？」

サーフェと見覚えのない令嬢が、一緒にいる。仲睦《なかむつ》まじく腕を組んで歩く二人は、笑顔ですれ違う人に挨拶《あいさつ》している。まるで恋人同士のようだ。

――いや、きっと、恋人同士なのだろう。

「まじか……そういうことか」

目の前の光景に、カトリーナは心底げんなりした。令嬢らしからぬ口調の独り言を、こらえることすらできない。

サーフェが婚約破棄を望んだ理由は、自分が変わったことだけじゃない。むしろ、カトリーナの変化は、後付の口実だったのかもしれない。

昨日、婚約を破棄した後にサーフェが彼女と出会い、意気投合した――というのは、いささか現実的ではない。もっと前から関係があった可能性が高い。

そうとも知らずに、カトリーナはサーフェと本気で結婚する気だった。だから彼には本音を話し

ていた。たとえば、理想の結婚像や、将来についてを。

そんな自分の言動を思い出し、カトリーナはどんどん沈んでいく。

まさに後悔しかない。

ぼんやりと二人を見つめていると、サーフェと目が合った。

だが、彼はすぐに目を逸《そ》らし、カトリーナに背を向ける。

彼女の憶測が、確信に変わった。

――もう無理だ。耐《た》えられない。

カトリーナは会場を飛び出し、子爵家の馬車に乗り込むと、そのまま家路についたのだった。

◆

「本当に――は変わっとるねぇ。こんな山奥のなんもない生活に、よく馴染《なじ》んだもんだよ」

「だって、おばあちゃんがいろいろ教えてくれたし。今じゃ、畑仕事だけじゃなくて、裁縫《さいほう》だってできるんだから！」

「そうだねぇ。でも、明日から――がいないと思うと寂しいよ」

そう語った老婆は、背中を小さく丸める。

その背中を、若い女性がそっと撫《な》でた。

「本当に感謝してるよ、おばあちゃんには。育ててもらった上に、大学まで行かせてもらって……。

ここから通えない大学を選んでごめんね。でも長期休みには必ず帰ってくるから！」

「ああ。だけどここは遠いからねぇ。無理はしちゃいけないよ」

「大丈夫よ！　バイトだってもう決まってるし、奨学金もあるんだから、帰省のお金くらい……」

「違うよ」

穏やかだが、芯の通ったその声は、若い女性の耳にまっすぐ届く。

「え？」

「つらいことがあっても、我慢はしちゃいかんよ。自分のせいだと、沈みすぎてもいかん。そして、――がこうだと決めたことをしっかりやり通すんだ。やりたいことをまっすぐ頑張って、人に優しくしておやり」

「おばあちゃん……」

若い女性は、そっと老婆を抱きしめた。

別れの前夜――互いに涙を流して明かしたその夜は、布団の中まで冷えるほど寒かった。

◆

ふと目を覚ますと、そこは馬車の中だった。

夜会から帰る途中、カトリーナは居眠りをしてしまったらしい。

そして夢で見たのは、前世の光景だった。今まで取り戻していた記憶より詳細な『思い出』で、当時に戻ったように自分のこととして感じられる。

それは、なんの変哲もない普通の人生だった。

前世の彼女は幼い頃に両親を亡くし、田舎《いなか》で農業を営《いとな》む祖母に育てられた。どちらかというと貧しく、半分は自給自足のような生活だった。子供の頃から祖母の手伝いで、畑仕事や山菜摘《つ》みをしたものだ。

夢で見たのは、大学に進学する前——上京する前日の夜のこと。

それから二年後、祖母が他界したことをきっかけに、彼女は大学を辞めて祖母の家を相続した。

そして、慈《いつく》しむように家や畑を手入れしながら数年過ごしたところで、前世の記憶は途切れている。

前世の人生を噛《か》みしめつつ、祖母の言葉を再び思い出す。

「沈みすぎちゃだめって言われてもさ……これはどうにもならないよ、おばあちゃん」

ぽつりとこぼした言葉には、諦《あきら》めがにじんでいた。


カトリーナは夜会から帰ると、両親の部屋を訪れて頭を下げる。

「お母様、お父様。サーフェ様にはすでに別のお相手がいらっしゃいました。力不足の娘をどうかお許しください」

すると、両親は神妙な表情で、カトリーナの肩にそっと手を置いた。

「カトリーナ……。つらい思いをさせてしまったね」

「本当に。ごめんなさいね。私たちがもっと頑張れていたら、きっとあなたの立場も違ったのでしょうに……」

優しい言葉とともに、母親がカトリーナを抱きしめる。ぎゅっと抱き返したカトリーナは、そのぬくもりに胸を締めつけられた。

怒られると思っていたのに、両親は優しい。カトリーナは思わず涙を流した。

すると父は、さらに優しく声をかけてくれる。

「つらい思いをさせてしまったけれど、そんな最低な男のところにカトリーナが嫁《とつ》がなくて済んで、本当によかったよ」

「ええ、そうね。元々は私たちが不甲斐《ふがい》ないせいなのだから。この家のことばかり気にして……あなたを傷つけてしまったわね」

「お父様、お母様……っ！」

両親の優しさが胸にしみる。カトリーナは声を上げて泣いた。

話し合いすらできず、婚約者に一方的に自分を否定された。

しかも彼は婚約破棄を言い渡した翌日、別の女性と一緒にいた。

あまつさえ、自分のことなんて、なんとも思っていなかったような態度すら取られ――

カトリーナはもう限界というほど、傷ついていたのだ。

彼女は母親の胸でひとしきり泣くと、赤い目をこすりながら微笑む。

「へへ、たくさん泣いちゃった……。ごめんなさい。恥ずかしいな」

「また私がいい縁談を持ってきてやる！　あんな伯爵家なんか目じゃないくらいのな！」

芝居がかった仕草で胸を張る父親に、カトリーナは温かい気持ちになった。

両親は泣きやんだカトリーナと居間に移動し、暗い雰囲気を吹き飛ばすようにとりとめのない話を振ってくれる。

そして、彼女が自然に笑えるくらいには落ち着いてきた頃、父親がぽつりと言った。

「……カトリーナ」

「何？　お父様」

「蒸し返すようで悪いんだが……どうしてサーフェ君は君から離れていったんだろうか」

その言葉に、母がキッと父を睨《にら》みつけた。彼はひるんで、慌てて弁明する。

「いや、別に純粋に疑問に思って！　責めているわけではなく！」

「あなた……そんなことを聞いても仕方がないでしょう？　本当に、どうしてそんなことを、このタイミングで聞くのかしら。デリカシーのない人ね」

「いや！　カトリーナはこんなに可愛くて素敵なのに、なぜだろうと思ってしまったんだ！　すまない、カトリーナ。忘れてくれ」

他に好きな人ができたこと以外に理由があるとすれば、きっとサーフェが言っていた通り、カトリーナの変化だろう。

そう思った彼女は、肩をすくめて苦笑いを浮かべた。

「大丈夫よ、お父様、お母様。きっとサーフェ様が昨日言っていた通り、私が変わってしまったからだと思うわ」

「変わってしまった？」

「ええ。私って、最近、少し変わったでしょう？」

そう言うと、両親は眉間にしわを寄せ、首をかしげる。

「確かに……そうだな。カトリーナは昔から、文句も言わない大人しい子だった。令嬢の見本のような……」

父の言葉に、母が頷《うなず》く。

「ええ。でも、やっぱり大人しすぎると思っていたから、最近は活動的になって、とてもうれしく思っていたのよ？　新しい部屋着を作ってみたり、しっかりと意見を言えるようになったり」

「物静か代表が、お転婆《てんば》代表に転換したかのような……」

「あら、よくよく考えると、とてつもない変化ね……」

両親は目を見開いて顔を見合わせると、そろってカトリーナのほうを見た。

「一体何があった⁉」

「一体何があったの⁉」

サーフェに指摘されたくらいだから傍目《はため》にもわかる変化だと思っていたが、両親は今まで大して気にしていなかったらしい。

二人の表情が面白くて、カトリーナは思わず笑ってしまう。

しかしまさか『前世の記憶を取り戻したの』と言うわけにもいかない。冷や汗をかきつつ、彼女は誤魔化すように微笑んだ。

「内緒です」

とはいえ両親も一度気になったからには、簡単に納得しない。突然向けられた探るような視線に、カトリーナは居心地が悪くなった。

誤魔化すのも面倒になり、素早く立ち上がる。

「あ、あら。もうこんな時間。そろそろ休むことにいたしますわ。おやすみなさい、お父様、お母様」

「待ちなさい、カトリーナ」

父親が呼び止めるが、カトリーナはそそくさと扉に向かう。

「おやすみなさいませ！」

居間を出ると、素早く自室に戻った。

今日は両親といろいろと話せて楽しかった。家族の絆《きずな》が深まった気がする。

しかし、両親を悲しませたことはどうしようもなく申し訳ないし、心が痛い。

（サーフェ様……何度考えても、最低な男ね。せめてちゃんと話をしてくれたらよかったのに、あんな風に一方的に責めて、私たちの気持ちをないがしろにするなんて……絶対に許せない）

もちろん、彼に復讐《ふくしゅう》しようなどということは、まったく考えていない。零細貴族令嬢のカトリーナにできることはないのだ。

けれど、その胸の内に『サーフェ許すまじ』という小さな決意が宿《やど》ったのは、確かだった。

◆

「ばあや。お野菜持ってきたけど、ここでいいかしら？」

「ありがとうございますね、お嬢様。もう大丈夫でございますよ。後は、ばあやがやっておきますから」

王城の夜会から数日経ったある日の昼下がり、カトリーナは屋敷の厨房《ちゅうぼう》で、唯一の使用人であるばあやの手伝いをしていた。

本来ならば貴族令嬢がやるような仕事ではないが、ばあやには小遣い程度の給料しか払えていない。彼女はほとんど厚意で仕《つか》えてくれているのだ。手は足りていないけれど、これ以上使用人を増やすことなどできない。

必要があれば、お嬢様だって働くのである。

「いいのよ。どうせ私は暇だから。この野菜は、剥《む》いておけばいいかしら？」

「あらあら。野菜の皮剥《かわむ》きなんて今までなさったことがないでしょう？　できるのですか？」

「任せて！　野菜の皮剥《かわむ》きくらいできなくちゃね！」

「ふふっ、急にお転婆《てんば》になられたのですね、お嬢様は。お願いしてもよろしいでしょうか」

「ええ、もちろん！」

前のめりに申し出たものの、子爵令嬢カトリーナは、野菜の皮剥《かわむ》きなどやったことがない。包丁を使うのが怖くて、できなかったのだ。

しかし今の彼女は、前世の記憶を持っている。前世では自炊をしていたし、レストランのキッチンでアルバイトをしたこともあった。

カトリーナは前世の感覚を頼りに、野菜の皮を次々と剥《む》いていく。

その手さばきに、ばあやは目を見開いた。

「おやおやおや。いつの間にお嬢様はメイド教育を受けたのですか？」

「えっと、急に才能が目覚めることもあるものよ？　さ、早くやってしまいましょう？」

少なくとも前世の記憶が戻る前にはできなかったことだ。それが今や、セミプロ並《な》みである。前世の知識と経験おそるべし。

「でも、こんな時に魔法でも使えたら便利なのにな」

カトリーナはつぶやきながら目をつぶった。

魔法。それは、魔力というエネルギーを媒介にして発生させる、摩訶《まか》不思議な現象のことだ。

この世界の人間は、ほとんどの者が魔力を有している。しかし、それを利用して魔法を使えるのは一握りの人間だけである。

魔法が使えるか使えないかは生まれながらにして決まり、全国民は魔法が使えるかどうか必ず検査を受ける。

魔法を使える人間は、とても重宝された。

その人間離れした力は政治的、軍事的に利用されている。

多くの者は軍部に身柄を引き取られ、軍人になるのだ。

中には後天的に魔法が使えるようになる人間もいるらしいが、かなり珍しい。

カトリーナとばあやは、当然のことながら使えない。

「おやまぁ。魔法をこんなことに使うお人なんていないでしょうに。お嬢様は面白いことをおっしゃいますね」

「そうかな？　私に魔法の才能があったら、使うけど。もし水を操ることができたら野菜を洗うのは一瞬だし、風を操ることができたら皮剥《かわむ》きも一瞬よ？　あー、私に才能があればなぁ」

「ふふふ。そんなことになったら、私はお役御免ですねぇ。お嬢様が魔法を使えなくてよかったですよ」

「ふふ、そうね。魔法が使えたら、きっと軍に召集されて一生戦わなきゃいけなくなっちゃうし……やっぱり魔法はいらないかも？」

「そうです、そうです。さぁ、あと少しですから頑張りましょう、お嬢様」

「そうね」

その時、カトリーナがふと窓の外を見ると、すさまじい速さで馬車が走っていた。しかもそれは、屋敷の前で停まる。

貧乏子爵家に来客などめったにないから、王城に出かけていた父が帰ってきたのだろう。

カトリーナが何事かと思っていると、ドタバタと足音が聞こえてきた。すぐに厨房《ちゅうぼう》のドアが開かれ、父が入ってくる。

「カトリーナ!!」

父は叫びながら、彼女につかみかかった。

いきなりの出来事に驚いたカトリーナは、慌てて野菜とナイフを離す。そして父の手を振りほどこうとしたが、力が強すぎてできなかった。

「お父様!?」

「カトリーナ！　大変！　大変なんだ！　とにかく大変で!!　何がどうって、本当に大変なことが起こったんだ!!」

カトリーナの肩をがくがくと揺らしながら叫ぶ父。

そのうろたえように、カトリーナは驚いた。

「どうしたの？　お父様がそんなに慌てるなんて珍しい」

「本当にっ、まずいことになったんだ！　どうすればいい!?　逃げるか!?　戦うか!?　でも私なんかではあの男に勝てるはずもない！」

「戦うとか逃げるとか、なんの話をしているの!?」

わけのわからないことを言いはじめた父をとりあえず椅子に座らせて、水を飲ませる。

そうこうしているうちに、騒ぎを聞きつけた母も、厨房《ちゅうぼう》にやってきた。

父はようやく落ち着いてきたが、その表情は険《けわ》しく、顔色も悪い。

カトリーナは慌てさせないよう、穏やかに問いかける。

「落ち着いた？」

「ああ、すまなかったな……だが、本当にまずいことになったんだ。聞いてくれるか？」

「何があったの？　今日はお城に行ってきたのよね」

「ああ。陛下と謁見《えっけん》する機会があってな……。そこで言われたのだよ。この前の婚約破棄の話について」

「えっ、陛下がその話をご存じだったの？」

（どういうこと？　子爵家と伯爵家の婚約が破棄されたことが、なぜ陛下の耳に？　しかもお言葉まであるなんて……）

国王陛下にとって、下級貴族の結婚など些事《さじ》。耳に入ることすらありえない。

思いがけない話に、カトリーナも母も驚く。

父は宙を見つめながら眉間のしわを深くした。

「陛下は私たちが困っていることもご承知でな。それで、持ちかけられたのだよ、新しい縁談の話を」

「新しい縁談⁉　ちょっと、あなた。どういうこと？　陛下から直接縁談の話をいただくなんて……」

戸惑《とまど》う母に、父も困惑気味に頷《うなず》く。

「私だって驚いたさ。しかも……しかもだ！　相手が公爵家の当主というからまた驚きでな――」

「「公爵家の当主ですって⁉」」

カトリーナと母親の言葉が綺麗に重なる。もはや全員が混乱状態だ。

子爵家の令嬢が公爵家に嫁《とつ》ぐということが、そもそもありえない。身分が釣り合わないからだ。愛し合う者同士であれば不可能ではないにしても、あまり現実的な話ではない。とりあえずカトリーナは、聞いたことがない。

そんな不釣り合いな縁談を、陛下から持ちかけられるなど、異例中の異例である。

「陛下はおっしゃった。『リクライネン家の令嬢は、とても美しいと聞いている。だが、先日婚約を相手方から破棄されたそうだな』と。その時、宰相様はなぜか執拗《しつよう》に私を睨《にら》みつけていて、とても恐ろしかった」

父は言葉を切り、ブルリと身震いした。そして話を再開する。

陛下はこう続けたらしい。『よい男がいるのだが、そなたの娘の結婚相手にどうか、と思ってな。その男は公爵家当主で、年は二十七だ。そなたの娘の九歳上だが、そうおかしな年齢差でもないだろう。そやつは特段、結婚というものに興味がないようでな。王命であるなら従《したが》うと言ってはいるのだが……まあ悪いやつではない。むしろ、リクライネン家の経済事情と公爵家後継者問題を鑑《かんが》みると、双方に利点があると考えておる』と。

「絶対に断るなというオーラが、陛下の全身からあふれ出していたのだ。……あそこで断ったら、私、打ち首にされていたよ……」

震えて言葉も出なかった父を、陛下は『無理やりにとは言わん。だが少し考えてみてくれんかな？』となだめたという。

父はバンッとテーブルに両手を叩きつけ、突然叫んだ。

「それを無理やりっていうんだ、コノヤロー！！！」

その表情は怒《いか》りに満ちており、母は不安げに彼を見つめる。

「それであなた……お相手はどなたなの？」

父はしばらくためらったあと、口を開いた。

「……あのラフォンなんだ」

「ラフォン？」

聞いたことのない家名だ。カトリーナは首をかしげたが、母とばあやは途端に顔を青くする。

カトリーナは何事かとおびえた。

「えっと、そのラフォン家って有名なの？」

「ああ……。ラフォン家という家名そのものはそこそこだが、現ラフォン公爵が有名なのだ。おそらく、この国では知らぬ者がいない。……お前もきっと知っているぞ？　カトリーナ」

「え？　本当？　でも、聞き覚えがなくって――」

すると母が、絞《しぼ》り出すように声を出す。

「あなたも聞いたことあるでしょう？　暗黒の騎士の名を」

その瞬間、カトリーナの頭に雷が落ちたような衝撃が走った。

その二つ名ならば、知っている。父が言った通り、この国では知らぬ者がいないほど有名だ。

「嘘……ですよね？　お父様。まさか、あの暗黒の騎士、ですか？」

「ああ」

「そんな、そんな……」


暗黒の騎士と結婚するのならば、浮気男のほうがまだましだ。

そう思うほど、暗黒の騎士については恐ろしい噂しか聞かない。

カトリーナは震え出し、自身を抱きしめる。

両親とばあやは途方に暮れたように、彼女を見つめるだけだった。


暗黒の騎士バルト・ラフォン。

彼は国王の末子だが、幼い頃、辺境に領地を持つラフォン公爵家に養子として引き取られた。

王族が養子に出されるなんて、異例中の異例。そんなことが行《おこな》われたのは、彼が王城内で迫害を受けていたせいだという。

なんでも彼の母親は娼婦で、彼を産んですぐに姿をくらましたらしい。彼はその出自から、多くの王族に疎《うと》まれていたそうだ。

子どもがいなかった前ラフォン公爵は、命じられるままにバルトを引き取った。そして彼は、そのまま地方に封じ込められる――はずだった。

だが不幸にも、数年後に前公爵が他界。バルトが爵位を継いだものの、幼い彼に公爵家をきりもりできるはずがない。

そのため、王国から派遣された代官が、領地運営を行《おこな》うことになった。

権利も仕事も与えられなかったバルトは、成人の年に騎士団への入団を希望した。

そんなことは当然、公爵家当主に許されるはずがない。

しかし、バルトを厄介払いしたいという王族の手回しがあったのだろうか、彼はなぜか騎士団への入団が認められた。

そこで彼は、徐々に頭角を現すことになる。

戦場に立った彼は無敵だった。

目の前の敵を斬《き》り伏せ、血の海を作り、敵という敵を屍《しかばね》にして越えていった。

鎧《よろい》は赤黒い血に染まり、その剣身は艶《つや》を失う。

そのような状態にあってなお敵の命を奪い続ける様子を見て、誰かが彼をこう呼んだ。

——暗黒の騎士、と。

そして、その功績を認められた彼は、地方騎士団の団長として今も辺境で戦い続けている。

第二章　貧乏令嬢、暗黒の騎士に喧嘩を売る

国王命令を受けた一週間後の朝。

屋敷の玄関で、カトリーナはそれまでに何度も見た両親のやりとりを、またも目の前にしていた。

「あぁ、暗黒の騎士……。国王陛下としては、王家の血を引く彼をいつまでも独身でいさせるわけにはいかないのだろうね。我《わ》がリクライネン家が婚約破棄されたと聞いた陛下は、ちょうどいいとばかりに、暗黒の騎士にカトリーナをあてがおうと――だあああぁぁぁ！　腹が立つ！」

「ほら、あなた。落ち着いてくださいませ。カトリーナの前ですよ？」

激昂《げきこう》する父を母がなだめる。その隣には、苦笑するばあや。

カトリーナは思わずため息をついたが、なんとか笑みを作った。

「大丈夫よ。私ももう心の整理がついたし、これでリクライネン家が助かるのなら、何よりだわ」

「……すまないね、私が体を壊していなければ」

申し訳なさそうにする父を励ますように、カトリーナは明るく言う。

「大丈夫よ！　暗黒の騎士だって人間なんだから。そんなに怖がる必要ないわ。――きっとね」

「でも、私たちの力不足で、カトリーナに苦労をかけて……」

両親は寄り添い、涙を流す。

その気持ちもわからなくはないけれど、カトリーナは両親ほど悲観的になっていなかった。

というのも、それは前世の記憶がそうさせるのだ。

（人の噂なんてあくまで噂。この世界で情報を伝える手段は基本的におしゃべりによる噂話と絵だけなのよ。どこまで本当のことかわからないわ）

伝言ゲームは正確に伝わらないものなのだから、暗黒の騎士だって噂とは違う人かもしれない。

そんなふうに、思っていた。

それに、暗黒の騎士は戦場にいることが多いという。それならば、カトリーナは妻として屋敷を守ることが主な仕事になるのだろう。退屈かもしれないが、それならそれでかまわない。

亭主元気で留守がいい。前世には、そんな言葉もあったくらいだ。

カトリーナは自分に言い聞かせるように心の中で何度も繰り返す。

あくまで今回の結婚は親のため、家のため。サーフェが相手だろうと暗黒の騎士が相手だろうと、何も変わらない。

そんなことを考えていると、玄関の扉をノックする音が聞こえた。

扉を開けると、馬車の御者《ぎょしゃ》が立っている。ラフォン公爵家が送ってくれた使いの者だ。

「お迎えに上がりました」

今からカトリーナは、ラフォン公爵領に旅立つ。

王命に従《したが》う旨の返事をしたら、すぐさま婚約を結ばれ、結婚の準備を進めるよう言われたせいである。

本来であれば、多くの嫁入り道具を持参品として持っていかなくてはいけないが、リクライネン家の経済事情はすでに知られている。数日前にラフォン公爵から、『その身一つで来ればいい』という書簡が届いていた。

「じゃあ、お父様、お母様。行ってくるわね」

「元気にするんだぞ！　体には気をつけろよ！」

「カトリーナ。つらかったら戻ってきても――」

ラフォン家に雇われた者に聞かれたら、不敬だと思われかねない母のセリフを、カトリーナは慌てて遮《さえぎ》った。

「安心して！　手紙書くから！」

そして振り返らずに馬車に乗り込む。その瞬間、さっきまで浮かべていた笑みが消えた。

「鬼が出るか蛇《じゃ》が出るか、か……。私ってば、つくづくついてないなぁ」

つい本音を漏らしながら、カトリーナは窓の外を見る。

青い空にそよそよと揺れる葉――その光景は、彼女の心境とは裏腹に、とてつもなくのどかだった。

◆

リクライネン家からラフォン家までは、馬車で二日かかる。

その道中、カトリーナは移り変わっていく景色を十分に楽しんだ。王都の都会的な雰囲気から徐々に牧歌的な雰囲気へ移り、ラフォン公爵領に入ったら大自然が広がっていた。

遠くに見える山々は壮大で、王都暮らしのカトリーナにとっては新鮮だ。

特に夕日に照らされた畑は、きらきらと輝いて彼女を魅了《みりょう》した。

「綺麗ね……」

思わず独り言をこぼしてしまうカトリーナ。

「まあ……行きつく先は地獄《じごく》でしょうけど」

そんなことを言うのは、自分に期待させないため。期待して後で裏切られると、とてつもなくつらいのだ。

常に最悪を想定するのは、彼女自身の心を守るためである。

そうして二日後、ラフォン家の屋敷にたどり着いた。使用人たちが勢ぞろいで彼女を迎えてくれる。

玄関前にずらりと並んだ使用人たち。彼らは頭を下げる角度までキチッとそろっていた。

その数の多さと大仰《おおぎょう》さに、カトリーナはめまいを覚える。

ちなみにざっと見た限り、ラフォン公爵――暗黒の騎士はいないようだ。

「いらっしゃいませ、カトリーナ様」

声さえもそろってしまう彼らに、思わず身震いした。

（こんな人たちを相手に、私……『奥様』をやらなきゃならないの？）

今さらながら、その重圧に押しつぶされそうだ。

来た途端に憂鬱《ゆううつ》になった気持ちを、必死で奮《ふる》い立たせる。

なぜなら、まずはお試し期間とも言われる一月《ひとつき》を、乗り切らなければならないからだ。

――お試し期間。

それは、ストラリア王国独自のしきたりである。結婚前、花嫁は嫁《とつ》ぎ先でまず一か月過ごす。そして、その期間で問題なく結婚生活を送れるかを見極めた後、挙式するという手はずになっている。

そうすることで、妻はその家のしきたりを学び、その家の真の一員となれると言われている。

ちなみにサーフェのトラリス家とは、まだ正式に結婚の日取りを決めていなかったため、このお試し期間をやっていない。つまり、今回がカトリーナにとって初めてお試し期間だ。

お試しと言っても、大抵の場合は送り返されるようなことはない。

ただ、この期間でうまくやらないと、その後肩身が狭くなってしまうのは確かなようだ。

カトリーナは背筋を伸ばして、必死に仮面をかぶって笑みを浮かべる。

「お初にお目にかかります。カトリーナ・リクライネンです。公爵夫人として精一杯務めますので、よろしくお願いします」

すると、一番前に立っていた執事服の老人が、微笑みながら答えた。

「私は執事長のプリーニオと申します。よろしくお願いいたします。では、荷物は私どもが運び入れますのでどうぞ、こちらへ」

「ええ、ありがとう」

さて、この一か月どうなるか。

（ここが勝負どころよ、カトリーナ）

カトリーナは自《みずか》らを奮《ふる》い立たせながら屋敷に足を踏み入れた。


ラフォン公爵家の屋敷の第一印象は、『なんか、地味だな』というものだ。

公爵家の本邸であるにもかかわらず、装飾品は少なく、絨毯《じゅうたん》などは色あせている。

掃除はすみずみまで行き届いていて清潔感があるが、それだけだ。

屋敷の大きさは違えど、質素さという点では、カトリーナの実家とそう変わらないように見えた。

歩きながら内装を見ていると、前を歩くプリーニオが振り向く。

「……あまりに質素で驚いたのではないですかな？」

彼の髪はロマンスグレーで、年齢を感じる。ちらりと向けられた目は、カトリーナのすべてを見《み》透《す》かしているかのようにも思えた。

カトリーナはどきりとしながらも答える。

「いいえ。さすがはラフォン家の屋敷と感心していたところです。質のいいものを大切に扱われていらっしゃるのでしょう」

「ははは、お世辞もお上手なようですな……。気を遣われなくても結構でございます。質素だと思われたでしょうが、この屋敷は、ご主人様の意向でこうして整えさせているのです」

「ご主人様って、バルト様の……？」

その名前を聞いたプリーニオは、先ほどより柔らかい声色で応じた。

「そうでございます。バルト様は屋敷を華美になさるのはお嫌いなのです。昔から使っているものを、とても大事になさいます」

「それは素敵な考えですね。私も見習わせていただきます」

「そうしていただけると大変うれしく思います」

そんな会話を交わしていると、カトリーナの部屋に到着した。

夫であるバルトの部屋の隣。そこが、妻になるカトリーナの部屋だ。

部屋が隣同士であると目の当《ま》たり《あ》にしたカトリーナは、モヤっとした不安を覚える。夜のことを想像してしまったせいだ。

「こちらはカトリーナ様のお部屋となりますので、ご遠慮なくおくつろぎください」

プリーニオはそう言うと、深々と礼をしてそのまま出ていってしまった。

残されたカトリーナは所在なく部屋を見回す。

部屋の奥に置かれた大きなベッドは、美しく編まれたレースのシーツに包まれている。

その脇にあるのは、シンプルなドレッサー。ところどころ丸みを帯びて、可愛らしい。

大きなクローゼットを開けると、十数着のドレスがかけられていた。

壁際のキャビネットには、見たこともないほど豪奢《ごうしゃ》なアクセサリーが並んでいる。

「やっぱりこういうところは公爵家よね。うちとは全然違うわ」

リクライネン家には、こんな令嬢らしい部屋や装飾品はなかった。

品のあるデザインのテーブルや椅子に手を滑らせながら、カトリーナは少しわくわくする。

「ここが私の部屋になるのかぁ。なんだか不思議な気持ち」

この家でやっていけるかは不安だが、少なくとも自分の部屋はとても気に入った。

するとそこで、部屋の扉をノックする音が響く。

「カトリーナ様。ご主人様がお会いになるそうです。どうぞ、こちらへ」

メイドと思《おぼ》しき若い女性の声だ。

告げられた言葉に、カトリーナは思わず息をのむ。

「……っ、はい、行きます」

たったそれだけを絞《しぼ》り出すのに、とてつもないエネルギーが必要だった。

カトリーナは自分の緊張具合に驚き、深呼吸すると部屋を出たのだ。


——見失った。

カトリーナは、呆然とした。

屋敷の中を歩いていただけなのに、自分を案内してくれていたメイドを見失ったのだ。彼女の数歩後ろを歩き、廊下の角を曲がったら、メイドがいなくなっていた。

カトリーナはきょろきょろと周囲を見回し、思わずツッコミを入れる。

「いや、どこに行ったのよ、メイドさん。未来の公爵夫人を置いていくとはどういうこと?」

おどけた口調で言ってみたものの、焦りは消えない。

たとえ来たばかりの屋敷であろうとも、メイドとはぐれて迷子になる令嬢などいるわけもない。

とてつもなく恥ずかしい状況に、焦りはさらに募《つの》っていく。

「こっち!?　いやこっちかな?」

おそるおそる角を曲がったり、ドアが開いている部屋を覗《のぞ》いたりしたけれど、先ほどのメイドは見つからない。しかもその間、誰とも出くわさない。

あれだけ使用人がいたのになぜだろうと思いつつ、カトリーナは廊下を小走りで進む。

その廊下はテラスにつながっているらしく、外に出られる大きな窓が並んでいた。それをちらりと横目で見た瞬間、カトリーナは全身に風を感じたような気がした。

衝撃的だったのだ。

彼女の目に飛び込んできたのは、庭園。そこでは質素な屋敷の中とは正反対と言ってもいいほど、華やかで美しい花々が咲き誇っている。

カトリーナは思わず足を止め、ため息を漏らした。

「ふわぁ……なんて素敵な……」

ただ花が咲いているだけではない。

その花はバランスよく配置されていた。きっと計算して植えられたのだろう。花壇にはハーブや低木もあり、単に鮮《あざ》やかなわけでなく落ち着いた印象もある。

まるでこの庭だけが周囲と切り離されて別世界にあるかのようだ。

カトリーナは目を輝かせ、廊下を見回す。一つの窓が開いていることに気づき、小走りでそこへ向かった。

(勝手に外へ出たら、怒られてしまうかしら)

そう思ったが、感動をこらえきれずに、カトリーナは窓の外へ一歩踏み出した。

外に出ると涼やかな風が吹き、彼女の足取りは軽くなる。

「こんな場所があるなんて……。これだけ素敵な庭園、王都でも見たことない」

そう言いながら、カトリーナは庭園に足を踏み入れた。

バルトに呼び出されたことは、すっかり頭の隅に追いやっている。

カトリーナは靴が汚れるのもかまわず歩き、ダリアに似た花に近寄った。そっと手を伸ばして、その花弁を指で優しく撫《な》でる。

「とても綺麗——」

そうつぶやいた瞬間、花の向こうに人影を見た。

その人は地面に座り込み、生《い》け垣《がき》にもたれかかっていた。

大柄な黒髪の男性。彼はぼんやりと空を見つめているようだ。

吊り上がった目とやや太めの眉。

長めの髪の毛は、少しだけ乱れている。

鋭《するど》さを体現したかのような彼の瞳は、潤《うる》んでいた。

——その横顔に、カトリーナは見惚《みと》れてしまう。全身にビビビッと痺《しび》れのようなものが走った。

それは、この庭園から受けた衝撃よりも強烈で、情動的。しばらく見つめていると、彼の頬に、一筋の涙が流れた。その瞬間、カトリーナの胸は鋭《するど》く痛んだ。今までに感じたことがない痛み。いや、痛みとは違うのかもしれない。締めつけられるような、熱を帯びたような、不思議な感覚。どこか心地よいその感覚に酔い、カトリーナは胸元で両手を握りしめた。すると無意識のうちにぐっと踏ん張ってしまったのか、小枝を踏んだ音が鳴る。

男性はハッとして、一瞬で涙を拭《ぬぐ》うと、こちらを向いた。

「――誰だ」

彼は冷たい表情で立ち上がる。身長がとても高く、カトリーナは驚いて彼を見上げた。

「誰だと聞いている」

男はすごい剣幕で彼女に詰め寄る。その様子はまるで獣《けもの》だ。たくましい体躯《たいく》も、恐ろしさに拍車をかける。

彼が手を上げたら、カトリーナには抵抗すら不可能だ。

気づけば彼女は、足が震えていた。

「い、いえ。あの――」

「ここは立ち入り禁止だ。使用人ならば聞いているだろう……いや、お前は使用人ではないな。侵入者か？　それとも客か？」

「す、すみません！　あの、私、今日ここに初めて来たんです！　た、立ち入り禁止だって、知らなくて、その……っ」

「わかった。とにかく出ていけ」

男は踵《きびす》を返すと、そのまま歩いていってしまう。

「あの、あなたは――」

恐ろしい男を、カトリーナはつい呼び止めていた。先ほど見たばかりの悲しげな横顔が、気になって仕方ない。

しかし彼はカトリーナを一瞥《いちべつ》するだけで、すぐに背を向ける。

「さっさと出ていけ。殺されたくなかったらな」

彼が立ち去ると、カトリーナはその場にへたり込んでしまった。

心臓の音がバクバクと、彼女の頭に響く。それは恐怖によるものかと思われたが、心に引っかかったのは彼の恐ろしさではなかった。

「……なんて哀《かな》しそうな目」

カトリーナはその目が気にかかったものの、ゆっくりと立ち上がり、屋敷に戻る。

あの人は誰だろうと、そんなことを思いながら。


（――で、なんであの男が、私の目の前にいるのよ！）

十数分後、カトリーナは必死でポーカーフェイスを守りながら、心の中で叫んだ。

あの後、屋敷に戻ると当然のようにメイドに出迎えられ、無人の応接間に案内された。主人は今この部屋に向かっているところだという。

ちなみにメイドに『足が速すぎて置いていってしまったようで申し訳ありません』と謝られたので、『こちらこそ迷子になった上に勝手に歩き回って申し訳なかったわ』と言っておいた。

そして、しばらく待っていると、メイドと執事プリーニオに連れられて現れた——暗黒の騎士バルト・ラフォン、その人が。

しかし彼はどう見ても、先ほど庭園で出会った男だ。

彼もカトリーナを見て目を見開いたので、気づいていることだろう。とはいえ驚愕《きょうがく》を表したのは一瞬で、すぐに無表情になって彼女を見下ろした。

目を逸《そ》らしたら負けのような気がして、カトリーナは頑張って彼を見つめ返す。

——だが数十秒で、あまりに鋭《するど》すぎる視線に怯《ひる》み、目を逸《そ》らした。

それを誤魔化すように立ち上がると、丁寧に礼をとる。

「カトリーナ・リクライネンと申します。このたびは、私を婚約者として迎えてくださり、とてもうれしく思っております。これからより一層の——」

「挨拶《あいさつ》などいらない。我《わ》が領地には、何もない。どうせ暇を持て余すんだ、さっさと実家に帰るといい」

カトリーナの挨拶《あいさつ》を、バルトは真っ向から断ち切った。

彼女はわけがわからず、ポカンとしてしまう。

「へ？」

「帰れと言っている。確かお前は、実家を立て直すため援助が必要で来たのだったな。手切れ金として、援助はくれてやる。約束通り、子爵家が持ち直すまでは援助を続けてやろう。だからさっさと帰れ」

「ご主人様！」

主人の無礼な言葉に、プリーニオは声を荒らげた。

「また、そのようなことを言って！　そのような態度だから、どの令嬢も去っていくのですよ⁉」

「当たり前だろう？　俺は暗黒の騎士だ。好《す》き好《この》んで嫁に来る女などいない」

「そういうことではなくてですな――」

なぜだかカトリーナをよそに、バルトと執事が言い争《あらそ》いを始める。

「それに、俺はほとんど戦場にいる。いつ死ぬかわからないのだから、結婚する意味などない」

そう言われてしまえば、カトリーナに返す言葉などない。

それは、全身全霊の拒絶だった。

望んだ結婚ではないものの、ここまでされるとさすがのカトリーナも傷つく。

呆然とバルトを見ていると、彼は少しの興味もなさそうに背を向けた。

「失礼する」

「ま、待ってください、バルト様！」

カトリーナが呼びかけると、彼は足を止める。ちらりと振り返ったその表情は、気難しそうにしかめられていた。

「なんだ」

「先ほどは、知らなかったとはいえ勝手に庭園に入ってしまい、申し訳ありませんでした」

バルトは眉間のしわを深めると、こちらに背中を向ける。

「二度と入らないのであればそれでいい。早々に荷物をまとめるんだな」

そう言い捨て、バルトは応接間から出ていってしまった。

カトリーナとプリーニオ、メイドが取り残され、部屋が静まり返る。

カトリーナが困惑して二人に視線を向けると、彼らは大きなため息をついた。

「申し訳ありません、カトリーナ様。ご主人様は以前から、あんなふうに令嬢方を追い払われてしまって……」

「まったく、ご主人様はこらえ性がないのです。いつもあのように怒っていては、女性も寄りつきません」

どうやら彼が今まで結婚していないのは、本人にその気がないかららしい。『以前から令嬢方を追い払っていた』ということは、婚約話をことごとくだめにしてきたのだろう。

カトリーナも、彼の視界に入っていないということか。

分厚い壁を感じたカトリーナは、おずおずと口を開いた。

「何か……理由でもあるのでしょうか」

プリーニオはどこか悲しそうな、メイドは少しだけ怒ったような表情を浮かべながら、カトリーナに頭を下げた。

「本当に申し訳ありませんでした、カトリーナ様」

「我《わ》が主人の無礼。代わって謝罪いたします」

カトリーナは二人にぎこちない笑みを返すと、両手を振った。

「いいえ。いいのです。バルト様も望まぬ婚姻ですから……。仕方がありません」

「ご理解いただけると、こちらも心が軽くなります」

「けれど、少し疲れてしまったわ。部屋へ案内していただけますか？」

「かしこまりました。こちらのダシャが案内いたします。カトリーナ様専属のメイドでございます。何かあれば、彼女にお申しつけくださいませ」

プリーニオはそう言うと、隣にいるメイドの少女――ダシャに目配せをした。彼女は先ほどもカトリーナを案内してくれたメイドだ。

彼女はカトリーナと同い年くらいに見える。ダシャは一歩前に出ると、深々とお辞儀をした。

濃い茶色の髪の毛はやや長めのボブカットで、彼女が動くたびにきらめく。

「ダシャと申します。いつでもお呼びくださいませ」

「ありがとう。では、部屋へ行きましょう」

「はい。カトリーナ様」

カトリーナは、ダシャに連れられて自室へ戻る。そしてすぐにダシャを部屋から退室させると、そのままの姿でベッドに飛び込み――

「ふざけんじゃないわよ！」

部屋に怒声を響き渡らせた。

それだけでなく、ベッドの上で手足をじたばたさせる。

「なんなの、あの態度！　確かに本当に強いのだろうし、公爵様なんだから偉いのもわかるけど！　わかるけど！」

こらえきれずに、枕に右手の拳《こぶし》を叩き込む。

「お金だけもらってさよならしたらいいですって⁉　こっちはそんな覚悟で来ちゃいないのよ！　自分のことを好きじゃないなら来なくていいって⁉　どんだけ子供よ！　ばっかじゃないの！！！」

カトリーナは怒《いか》り狂っていた。

態度が尊大なことは、まだいい。公爵は目下《めした》の者になめられてはいけないので、尊大に振る舞っているのだろう。理解できる。

暗黒の騎士だから誰も好《す》き好《この》んで嫁に来ないという発言も、とりあえずわかる。カトリーナだって、初めて婚姻の話を聞いた時は震えたくらいだ。

だが、お金だけ渡せばさよならできるという甘ったれた考えは、許せない。

確かにカトリーナは、実家を助けるために暗黒の騎士との結婚を受け入れた。

しかし、婚約を受け入れなければならない理由は、ラフォン家にだってあるはずだ。元王族としての体裁《ていさい》を保つための結婚を、今までだめにしたのはどこのどいつだ、と言ってやりたい。

それに、政略結婚や打算まみれの結婚は、この世界ではありふれている。

それを互いに理解した上で、うまくやっていこうという気概がない時点で、覚悟が足りない。考えが幼いのだ。

ここへ来る前は『亭主元気で留守がいい』なんて言葉が頭をよぎったけど、最初からすべて拒絶されるとは思ってもみなかった。

以前のカトリーナならば、それも仕方がないと割り切って考えただろう。この苛立《いらだ》ちも抑え込み、実家のためにと耐《た》え忍《しの》んだに違いない。

だが今は、前世の記憶を思い出している。身分の差などなく人権が尊重された日本的な考えを取り戻した彼女からすると、先ほどのバルトの発言は失礼が過ぎるのだ。

「あー、むかつく！！！」

散々暴れて叫んだカトリーナは、最後に枕を床に叩きつけて、ようやく落ち着きを取り戻した。

「はぁ……あんな人とこの先ずっとやっていくだなんて大丈夫かしら。初日ですでに自信ないんですけど」

怒《いか》りを吐き出した後に残ったのは、少しの後悔と落ち込んだ自分。

貧乏だけど、家族やばあやと必死に生きてきた生活は、それなりに充実していた。前世の自分も、やっぱり貧乏だったものの、友人や祖母と楽しく過ごしていた。

だが、ここはどうだろう。

お金はあるようだけど、一人きり。

しかも夫になる予定の人はあんな人。

カトリーナが大きなため息をついたその時、ふいに彼の横顔が頭によぎった。

「でも、寂しそうだったんだよな……あの人」

庭園で見た彼の顔が、どうしても頭から離れない。

それを振り払うかのように、カトリーナは頭を何度か振ってから立ち上がった。

(とりあえず、荷物の整理でもしようかな)

自分のことを自分でしようとするあたり、やっぱり貧乏生活の習慣が染みついていたカトリーナだった。


部屋の中の整理を終え、カトリーナは外を見た。日は沈みかけ、まもなく夜が訪れようとしている。

すると、ダシャに夕食だと呼ばれた。食堂に向かったカトリーナを待っていたのは、一人きりのディナータイム。

本来、バルトがいるはずの場所には食器が準備されておらず、誰も座っていない。かなりの大きさのテーブルにポツンと座り、カトリーナは思わず頭を抱えた。

「いきなり拒否とか……子供ですか」

思わずこぼれ出た不敬な独り言を隠すように、カトリーナは運ばれてくる料理を見る。

そこには、いわゆる公爵家の料理としてふさわしいとは言えないものが並んでいた。

「これは……ポトフ？」

淡い琥珀色《こはくいろ》のスープに、たくさんの野菜がゴロゴロと入っている。大きなベーコンもあるが、どちらかというと庶民的な料理だ。

ほかにも、色とりどりの野菜サラダや、チーズをのせて焼いたジャガイモなどが並んでいた。

一番手前にあるスープをのむと、コクと甘みが口中に広がる。

「わぁっ、おいし！」

大きめに切られたニンジンは柔らかく、溶けていくような食感とともに自然な甘みを残していく。キャベツやタマネギは、スープがよく染み込んでいる。ベーコンを噛《か》むと、肉汁と燻製《くんせい》の香りが食欲を誘った。

カトリーナはほかの料理にも手を伸ばす。

サラダはみずみずしく、ジャガイモにチーズをのせたものなど、素朴なのに今まで食べたことのないおいしさだ。

「これらは、公爵領で採れたものですか？」

カトリーナは、横に控えていたダシャに尋ねた。

すると、彼女はなぜかやや驚いた様子で答える。

「すべて我《わ》が公爵家で育てているものです。カトリーナ様は庭園をご覧になったと思いますが、その裏には、実は畑があるのです」

「そうなの？　気がつかなかった」

前世や今世の実家で畑仕事をやっていたカトリーナは、思わずうれしくなってしまう。

「ふふっ」

「あの……何か？」

「あ、ごめんなさいね。違うの。なんだかうれしくって」

「うれしい？」

ダシャは怪訝《けげん》な表情でカトリーナに問いかける。

「ええ。実は私、畑の世話が好きなの。実家では、庭の小さな畑で野菜を育てていたのよ」

カトリーナの言葉に、ダシャはさらに顔をしかめた。

「もう公爵夫人になるのですから、そのようなことは不要です」

「そう……そうね」

ダシャの言葉に頷《うなず》いたものの、カトリーナは食事の手を止めて考えはじめた。

「ねぇ、ダシャ」

「はい、なんでしょう」

「その畑の世話をしているのは誰？」

ダシャは目を見開き、言葉に詰まる。カトリーナは何かまずかったのかと質問を重ねた。

「あら……聞いちゃいけないことだったかしら？」

「い、いえ！　そんなことを尋ねられたご令嬢は、今までいなかったもので、驚いてしまって……。

畑の世話は、近くの村人がしてくれています」

「そう。その者たちに給金は？」

「そういったものは渡していないと思いますが……。そういえば、少し税を免除しているらしいですよ」

　ダシャの言葉に、カトリーナは目を輝かせた。

「その免除されている税金の金額は？　手伝っている村人の人数も教えて。あと、採れる作物の種類と、その作物のこのあたりでの相場はどのくらい？」

　立て続けに並べられた質問に、ダシャは答えに詰まる。そして、自分は貴族家の出身だからわからないと言って、ほかの使用人たちを呼んできてくれた。

　彼らに話を聞きながら、カトリーナは答えを得る。

　随分《ずいぶん》迷惑をかけてしまったが、いいことを聞けた。

　満足したカトリーナは、最後にダシャに問いかける。

「じゃあ、最後ね。これは大事だからちゃんと答えてほしいんだけど……私のこの場所での立場は、どういったもの？　私はこの屋敷の中で、どんなことならやっても許されるかしら？　何をしてもよくて、何をしてはだめか……それを教えてちょうだい」

　この質問は、とても重要なものだ。

　本来であれば単刀直入に聞くことではない。だが、カトリーナは知りたいのだ。

　自分は何ができて何ができないのかを。

　これを知ることで、これから一か月の過ごし方が変わる。

　その重要性は、ダシャも理解しているのだろう。

慎重にゆっくりと答えてくれる。

「……基本的には、カトリーナ様はご主人様の次に発言権があると思われます。ですから、ご主人様が否《いな》とおっしゃること以外は、許されるかと」

「そう。つまり、バルト様に迷惑をかけなければいいってことね？」

「そこまで単純なことではないのですが……」

言葉を濁《にご》すダシャをよそに、カトリーナはニヤリと笑みを浮かべた。

「暗黒の騎士をぎゃふんと言わせてやるわ！　ふふふ。ダシャ、ありがとう」

怪《あや》しげな笑い声を聞いて、ダシャは顔を引きつらせる。しかし、すぐに澄《す》ました表情を取り戻すと、仕事に戻った。

夕食後、カトリーナは自室に戻る。

公爵家滞在一日目がようやく終わろうとしていた。

慣れないベッドに入った途端、カトリーナは睡魔に襲われ、意識を手放したのだった。

◆

次の日の朝、カトリーナは夜明け前に起きていた。

当然、疲れていたしもっと寝ていたかったのだが、それよりも優先すべきことがある。

カトリーナは暗がりでそっと身支度を整えると、部屋を出た。

向かう先は畑。

カトリーナは、屋敷の裏にあるという畑に、どうしても行きたかったのだ。

薄暗い屋敷の中を歩き回り、ようやく外に出る扉を見つけると、そっと屋敷を出る。庭園を横目で見ながら通りすぎ、庭園の裏に回ると、ダシャの言った通り畑が広がっていた。

「素敵……」

空が明るくなってきていた。

その光に照らされて、作物についた朝露《あさつゆ》がきらきらと輝いている。

どこか幻想的なその光景にうっとりと息を吐き、カトリーナはじっくり眺めて歩いた。

十分ほど経った頃、背後から声をかけられる。

「あ、あの……カトリーナ様。なぜ畑に……」

振り返ると、そこには息を切らしたダシャが立っていた。カトリーナが部屋にいないことに気づき、探してくれたのだろう。

彼女は微笑むと、再び畑に視線を戻した。

「とても素敵な畑ね」

「いや、感想を聞いているのではありません。一人で出歩かれては危険です。これからは公爵夫人となるのですから——」

ダシャは突然、言葉を失った。

再びカトリーナが振り返ると、ダシャは何やら固まっている。

「どうしたの、ダシャ？」

「あ、あの……その恰好は……」

「あぁ、これ？」

カトリーナは見せびらかすように両腕を広げた。

「これは作業着よ。ドレスを来て畑には入れないから」

カトリーナが着ている服は、貴族の令嬢が着るようなものではなかった。

上下に分かれたその服は、分厚い布地で作られており、デザイン性のかけらもなくただ肌を覆《おお》う
ことに特化したもの――いわゆるジャージである。

足元は、武骨な革のブーツ。首はタオルを巻いており、植物の蔓《つる》を編み込んで作ったツバの大き
な帽子をかぶっている。

機能重視のその恰好をじっくり見たあと、ダシャは声を荒らげた。

「カトリーナ様！　なんですか、その恰好は！」

ダシャの声には非難がにじんでいるが、カトリーナは元気にくるくると回る。

「いいでしょ？　これ、私が作らせたのよ。実家ではこの恰好で土をいじっていたわ」

「カトリーナ様！　すぐにお召し物を変えなければ！」

「今から汚れるから、この服装にしたのよ」

冷静にツッコミを入れるカトリーナだったが、ダシャは首を横に振った。

「いえ、そういうことではなくですね。仮にも未来の公爵夫人がそのような恰好をして、もし誰か

に見られでもしたら……」

「きっと、この恰好の機能美にびっくりすると思うわよ！」

自信満々に言い切るカトリーナに、ダシャは口をぱくぱくさせた。

とりあえず自慢が終わったので、カトリーナはダシャにウインクをしてから畑の中を歩き回る。

ダシャは呆然と立ち尽くし、奇異なものを見るような目で見つめてくるが、そんなものは気にしない。

そして、カトリーナは行動を始める。

まずは眠っている植物たちに声をかけていく。これは前世で祖母に教わった、独特な手法である。

人間だって、寝ているところに突然世話をされたら、驚いてしまう。それは植物も同じだと、前世の祖母は笑いながら言っていた。植物にも誠意を尽くす祖母のやり方が、カトリーナはとても好きだ。

そうしているうちに、カトリーナはハッとして振り返る。

「そういえば……！　ダシャ！」

「なんですか……？」

残業中のＯＬのような疲れた声色で、ダシャが答える。

「ここの責任者の方がどなたかわからなくて！　いつ頃来るのかしら⁉」

「いつも日が昇《のぼ》った頃に来ますから、そろそろだとは思いますが……」

「そう。なら、今のうちにやれることをやろうかな」

そう言いながら、カトリーナは畑に端から手を入れはじめた。

苗のそばに生えている雑草を一つずつ手でむしり、苗の葉の裏や茎《くき》に目を光らせる。

虫の姿が見えたら取るのはもちろんのこと、葉っぱの虫食いの跡や色を見て、隠れている虫を探し出す。そして傷《いた》んだ葉っぱや虫を素早く指ではじいた。

前世の知識と、子爵家の実家での農作業経験により、その動作は無駄がない。

ダシャはそんなカトリーナを、呆然と見ているだけだった。

そうしている間にやってきた近くの村の者たちが、すでに作業をしているカトリーナに気づいて驚きの声を上げる。

「あぁ？　えらいべっぴんさんがいるぞぉ？　何やってんだ？」

「あら、おはようございます。私、ぜひこの畑のお手伝いをしたくて！　よろしいですか？」

「まあ、別にかまわねぇけどよ。あのー、ダシャさん、よろしいんで？　公爵家の関係者じゃ……」

村人は、近くに立っているダシャの顔色をうかがった。

なんだかよくわからない恰好をしているカトリーナよりも、公爵家の使用人であるダシャのほうが、彼らにとっては怖い存在なのだろう。

ダシャはどう答えたらよいか迷っている様子だったのだが、いつの間にか彼女の後ろに立っていた執事のプリーニオが口を開いた。

「かまいません。ぜひ、お手伝いをさせてあげてください」

「し、執事長!?」

驚きの声を上げるダシャに頷《うなず》きかけると、プリーニオは微笑みながら村の者にも頷《うなず》く。

「は、はい！　わかりました！　じゃあ、さっそくやるとするかぁ！　じゃあ、嬢ちゃん。とりあえず、草むしって苗に異常がないか見ていくかぁ！」

そう言うと、村人の男性は苗のそばにしゃがみ込む。

だが、そこはすでにカトリーナが手入れをしたところだ。彼が驚いた様子で顔を上げたので、カトリーナはその視線に応《こた》えるように胸を張った。

「この列とそっちの列は終わってるわ！　どうかしら？　そんな感じでいい？」

「はは！　これも、そっちのも！　ああ、そうだな！　完璧だ。なぁ、みんな！」

うれしそうにそう返した村人は、畑の横に備えつけられている樽《たる》へと向かう。大人の背丈よりも大きなその樽《たる》には、雨水が溜められている。

そこから小さな桶《おけ》に水を汲《く》むと、村人はほかの者にそれを預けて声を張り上げた。

「お前は水をあげてくれ！　嬢ちゃんは雑草取りと苗の確認の続きといくか！　今日は嬢ちゃんのおかげで早く済みそうだ」

「でも、大変ね。村のお仕事もあるのに、公爵家の畑まで世話するなんて」

「まあ、この畑のおかげで俺たちも助かってるからなぁ！　本当。いい人だよ、公爵様は」

村の者たちとカトリーナは、和気あいあいと畑仕事に勤《いそ》しんだのだった。

◆

公爵家の畑から少し離れたところで、ダシャとプリーニオはその光景を眺めていた。

プリーニオは穏やかな笑みを浮かべているが、ダシャの表情は険《けわ》しい。

「ダシャ。知っていると思うがな。カトリーナ様のご実家はあまり裕福ではなかったようだ。王都での噂だが、それこそ平民のような生活をしていたと聞く」

「知っております。ですが、ここは公爵家です。未来の奥様にこのようなことをさせるなど……」

「あの方は今までの者たちとは違う」

「はぁ……」

「お前がここに来る前の話だがな、バルト様が確か十七の頃……十年前のことだっただろうか。国王陛下がたくさんの見合い相手を連れてきたんだ。だが、そのお見合いは一つも成功しなかった」

ダシャは返事に困り、黙り込む。

「ある者は暗黒の騎士におびえ、ある者はご主人様の態度に傷ついた。またある者は、公爵家らしからぬ質素な生活に耐《た》えきれず、ここから去った。しかし、まだ二日目だが……あんなに楽しそうに何かをしているご令嬢は、初めてなのだよ」

ダシャはもう一度、カトリーナを見つめた。

そこには、村人たちと楽しそうに笑い合うカトリーナの姿があった。

ダシャとて、元々は男爵家の令嬢である。彼女の目から見ても、カトリーナの姿は普通ではなかった。

しかしそれも、プリーニオにとって希望に見えるらしい。

「私はな……。ご主人様に幸せになってほしいのだよ。だから、この一か月はカトリーナ様の自由にさせてあげてほしい。私からの頼みだ。聞いてくれるか？」

ダシャはしばらく腕を組んで考え込んだが、しばらくすると小さく息を吐き、頷《うなず》いた。

「ありがとう」

「いえ」

二人は再び、ぼんやりとカトリーナの様子を見つめる。

「あれが終われば朝食としよう……。そういえば、昨日、ご主人様はお食事をとられなかったようだが……今日は来ていただけますかな？」

姿なき主人に向けられた言葉に、ダシャは首をかしげた。

しかし、生《い》け垣《がき》の向こう側——庭から、何やらガタガタと物音が聞こえる。どうやら公爵は庭園からこちらをうかがっていたらしい。さすが熟練執事長プリーニオは、主人の気配に敏感だ。

「はは、朝から何やら楽しそうですなぁ」

プリーニオは庭園と畑を仕切る生《い》け垣《がき》を見ながら、うれしそうに屋敷へ戻っていった。

◆

カトリーナが公爵家にやってきて、早くも一週間が経った。

その間、毎日農作業をやりつつ、近隣の村人と交流を深め、屋敷の使用人たちとも徐々に打ち解けてきた。

その中でも、専属メイドのダシャと執事長であるプリーニオとは、よく話をする。

貧乏令嬢ゆえに護衛をつける習慣がないカトリーナは、一人でフラフラと行動しがちで、公爵夫人としての自覚がないと叱られることもしばしばだ。とはいえ二人は、カトリーナを少々困った令嬢だと思いながらも、付き合ってくれていた。

屋敷の人々との親交を深める一方で、公爵は相変わらず、カトリーナの前に姿を現さない。

そのため今朝も彼女は、一人きりで食事をしていた。途中であることを思いつき、プリーニオに声をかける。

「ねぇ、プリーニオ」

「なんでしょう。カトリーナ様」

「ちょっとお願いがあるのだけど、この屋敷に食材を持ってきている業者を紹介してくれないかしら？」

「業者を、ですか？」

「そう……ちょっと確かめたいことがあるのよ」

「それでしたら……毎日午後に屋敷へ来るはずですが」

「じゃあ、今日、業者が来たときに呼んでちょうだい？　お願いね」

プリーニオは訝《いぶか》しげな表情を浮かべながら、頷《うなず》いた。


そして訪れた昼下がり。

プリーニオに声をかけてもらったカトリーナは、業者の男と対面した。

男はいかにも高級そうな服を着ており、恰幅《かっぷく》がいい人物だった。だが、やたらと物腰は柔らかく、初対面で悪い印象を持つ者はいないだろう。

「こんにちは、初めまして。私はカトリーナと申します。少し、あなたからお話をうかがいたくて。お時間をいただいてしまって、申し訳ありません」

「こちらこそ、よろしくお願いいたします。公爵夫人とこうして直接お会いできるなど、誠に光栄です」

「そんなにかしこまらないで？　単に、公爵家がどんなものを仕入れているか、見てみたかっただけなのよ。私、こういうことに興味があって」

その言葉は本音である。

ちらりと商品を見た感じではあるが、彼女が知っているものよりも上質そうだ。それを見られるのは単純に面白い。

つい笑顔になったカトリーナの様子に、男はほっとしたように胸を撫《な》で下《お》ろした。そして、自然な笑みを浮かべながら、背後に置いていた商品に手を伸ばす。

「いやいや。カトリーナ様にお見せできるようなものではないのですが……やはり公爵家に持ってくるものですので、最高級品を用意しております」

男はそう言うと、一つずつ食材を取り出していく。

「こちらはご存知かと思いますが、ごくごく一般的な野菜です。ですが、ここを見てください。色《いろ》艶《つや》がいいのはもちろんのこと、ずっしりと重い。これは中身がしっかり詰まっており、おいしい証拠なのです。これほどのものは王都でもそう見かけません。こちらの鶏《とり》も、近くの狩人が仕留め、すぐに血抜きをした特別なものです。仕留めてすぐに処理をすることで最高の味を保つことができるのですよ」

「そうなのね！　すごいわ！　それで、こちらはどういったものなの？」

「こちらはですね――」

カトリーナの相槌《あいづち》に気をよくした男は、納品書に書かれた食材と実物をつきあわせながら、一つずつ説明していく。

持ってきた食材のすべてを説明し終えた頃には、予定時間を大分過ぎていた。

カトリーナ自身、いろいろと聞きすぎたと思ったが、勉強になることが多く内心はホクホクだ。

笑みを浮かべていると、商人も同じように微笑みながら頭を下げる。

「この食材に満足いただけるようでしたら、今後とも我《わ》が商会をご贔屓《ひいき》に」

すると、公爵家の使用人が前に出る。商人と話している間、隣で控えてくれていた者だ。きっといつもやっているのだろう、使用人は革袋に入ったお金を商人に渡そうとする。

その時、カトリーナは使用人の腕をつかんで止めた。

「ちょっと待って」

カトリーナの行動に、眉をひそめる商人と使用人。商人は不満げに口を開いた。

「どういうことですかな？　商品に納得がいかないと？」

「いいえ。商品は確かにどれも素晴らしいものでした。私が見た限り、まったく問題ありません」

「それなら、なぜ……？　お金を払わないというわけには、いきませんよ？」

使用人が不思議そうにカトリーナに問いかける。

商人はその意見に賛同し、大きく頷《うなず》いた。

「そうでございます。私も、そのお金がもらえないと商売が立ち行かなくなります。何とぞ、お支払いくださいませ」

「もちろんお金は払うわ。でも一つ聞かせてほしいの。さっき、納品書に書かれていた請求額を見たのだけれど――どうして、どの品物も相場の倍以上の値段なのかしら？」

二人の顔が一瞬、強張《こわば》った。それをカトリーナは見逃《みのが》さない。

しかし商人はすぐに温和な笑みを浮かべると、諭《さと》すように語りかけてくる。

「相場通りでございますよ？　もしかしたらカトリーナ様は程度の低いものを参考にしているのではないですか？　そのあたりに売っているものとは、品質が違うのです」

「カトリーナ様。我《わ》が公爵家は特別なものを仕入れております。失礼ながら、ご実家で仕入れていらしたものとは、また違うのです」

そう言われても、カトリーナはひるまない。

「しかし、近くの街、また王都にある食材を扱っている店の値段と比べても、やはり倍以上の価格のように見えます。それでも、適正価格なのでしょうか？　そうだとすれば、あなたのお店以外のすべての店が、利益を度外視して値を下げて売っているということですか？」

「え、えと、街と王都の店ですか？」

「ええ。この一週間で調べてもらったのです。この近辺にある商店すべてと、王都にある商店の八割ほど。その中には庶民向けと貴族向けの店がありましたが、そのすべての商品の値段と比較しても、こちらの商品の値段とは釣り合いません。どういうことか説明していただけますか？」

そう言ってにこりと笑みを浮かべると、商人と使用人は顔を引きつらせた。


その後、プリーニオを呼んで今あったことを伝えると、すぐに事態の収拾に向けて動いてくれた。

結果、商品を納めていた商人と使用人の一人がぐるになって、相場以上の値段で毎日食料を仕入れていたことがわかった。過剰に支払っていた分は、商人と使用人が山分けしていたという。

早々に取引先を変更し、その使用人をやめさせたそうだ。

夕食の席で、カトリーナはことの顛末《てんまつ》を聞き、にやりと笑みを浮かべた。

「それはよかったわ。これで、適正な値段で仕入れができるわね」

「はい。これもカトリーナ様のおかげでございます。……それにしても、いつ不正に気がついたのですか？　元々あの二人を糾弾《きゅうだん》するおつもりで、いろいろと調べていらしたのですか？」

プリーニオの問いかけに、彼女は大げさに首を横に振る。本当は公爵家に来て早々に、不正の気配を察していたのだが——今はまだ、手のうちを明かす時期ではない。

「まさか！　そんなわけないじゃない。この近辺の物価の相場は、村の人や使用人にたまたま聞いていたのよ。でも、納品書に書かれていたものと全然違ったものだから、私もびっくりしたわ」

「しかし、貴族家のご令嬢が、食材の値段に目を向けられるとは……」

「それは癖《くせ》みたいなものね。ほら、私の実家は貧乏だから。お金がない人は、芋一つの値段にも神経をとがらせるものよ」

そう言いながら夕食を続けるカトリーナ。

ダシャとプリーニオは、目をぱちくりさせる。

「そういうものなのですか？」

「見た目は普通の貴族令嬢なのに……侮《あなど》れない」

何やらぶつぶつ言っているが、カトリーナからすればこんなことは朝飯前。

前世でもチラシ一枚一枚に目を配り、近隣のスーパーの最安値を把握していた彼女にとって、このくらい造作もないことだった。せっかく取り戻した知識なのだから、使わなければ損だ。

「さて。あともうちょっとかな？」

そんな意味深な独り言をつぶやき、カトリーナは食事に舌鼓《したつづみ》を打つのだった。

◆

数日後。

カトリーナは日課になった畑仕事を終えると、ダシャに声をかける。

「ねぇ、ダシャ」

「はい。カトリーナ様」

「今日はちょっと山のほうにピクニックに行きたいのだけれど、大丈夫かしら？」

「ええ。近くに綺麗な沢がありますよ。そこでよければですが……」

「いいわね！　そしたら、できるだけたくさんの人を連れていきましょう？　それと、いつも畑を世話してくれている村の人も、何人か連れていきたいなぁ。楽しみだわ」

近頃はダシャも、カトリーナに慣れてきたのだろう。戸惑《とまど》わずにピクニックの支度を始めてくれる。

そして、準備をしながらカトリーナに声をかける。

「それにしても、ピクニックに行きたいなんて普通なことを、カトリーナ様がおっしゃるとは意外です」

「えっと……結構失礼なことを言った自覚は、ダシャにはあるのかしら？」

「その通りのことを言ったまでです。それにしても、人を連れていくなんておっしゃるのは、初めてですね。カトリーナ様がようやく外の危険を感じてくださったこと、とてもうれしく思います」

「え？　いや、そういうわけじゃ――」

ダシャの思い込みを否定しようとしたカトリーナだったが、ふと口を閉じる。

「カトリーナ様もようやく公爵夫人としての自覚が――」とか、「ピクニックに行く支度なんて普通の仕事をさせてもらえてうれしい」とかつぶやくダシャに『それは違う』と伝えるのは、はばかられた。

「まあ、別に悪いことをするわけじゃないし……大丈夫だよね？」

そう言って頬を掻くカトリーナには、まったく気づかないダシャだった。


ダシャが準備を整えてくれたので、屋敷の人と村人を集めて沢に向かう。

綺麗な景色を見ながら和気あいあいと目的地に到着すると、カトリーナは一緒に来た人たちを集めて声を張り上げた。

「では、皆さん。今朝説明した通り、しっかりとやっていきましょう！　わからないことがあれば、私に聞いてください！」

「はい！　よろしくお願いします！」

そう言うと、一斉に散らばる村人たち。

その様子を見て、ダシャは呆けた表情を浮かべた。しかし、すぐさま正気を取り戻し、カトリーナに詰め寄ってくる。

「カカ、カトリーナ様!?　これは、一体!?」

「もしよかったらダシャも手伝ってくれる？　えっとね、これと、これと、これを採ってほしくて――」

カトリーナは見本として手元の草を取り出すが、ダシャは彼女の言葉を遮《さえぎ》った。

「いいえ、カトリーナ様！　そういうことではございません！　一体何を始めたのですか？　ピクニックですから、ゆっくり座ってお話をしたり景色を眺めたりするのでは？」

「え？　ピクニックに来たら、食べられるものを探して晩御飯にするでしょ？　普通」

当然とばかりに自信満々に答えるカトリーナ。

するとダシャは口をつぐみ、押し黙ってしまった。

――これが普通ではないことは、もちろんカトリーナもわかっている。けれど、それを言うといろいろと文句を言われそうなので、『これが普通でしょ』と押し通そうとしたのだ。

そこへ、村人たちから質問が投げかけられる。

「あの、これはどうでしょう？」

村人が持ってきた植物を見ると、カトリーナは大きく頷《うなず》く。

「そうね！　その草は薬にもなるから、たくさん集めていいわよ！　あ、注意してほしいのは、採り尽くさないこと。群生地を覚えておけば、また採りに来られるから」

「カトリーナ様！　こちらは？」

「それはだめ。神経毒があるものよ。ほら、よく見て。葉っぱのつき方が左右対称じゃないの。間育てましょう！」

「あ、シソ！　それはシソというのよ！　食べられるから大丈夫。シソは公爵家の畑に植え替えて、

「それなら、この怪《あや》しげな色の葉は……」

違えやすいから注意してね」

それはピクニックとは名ばかりの、収穫風景だった。

指示を出すカトリーナは、ダシャからの視線を感じると、首をかしげながら問いかけた。

「どうしたの？　さっきから黙って」

「あ、あの一つ聞いてもいいですか？」

「もちろん大丈夫よ」

「どうしていきなりこんなことを？　食べるものに困っているわけじゃないのに」

「え？　どうしてって……お金を稼ぐためよ。それ以外にないじゃない」

「必要ないではありませんか」

ダシャの疑問ももっともだ。

未来の公爵夫人であるカトリーナは、直接お金を稼いでいないが、彼女の権限で使えるお金は十分にある。ある程度のものは、欲しいと言うだけですぐに手に入るだろう。

しかし、カトリーナには、こんな手段に出る理由があるのだ。

彼女は不敵に微笑むと、ダシャに返事をする。

「それがあるのよ。まあ、見ていて。……あのお坊ちゃまに吠《ほ》え面《づら》かかせてやるからね！」

カトリーナはそうつぶやきながら、より一層笑みを深めたのだった。

収穫を早々に終えると、カトリーナはみんなとともに屋敷に戻る。

その道すがら、彼女は唐突に話を切り出した。

「ねぇ、ダシャ。私がここに来てから、早いもので一週間と数日が経ったでしょう。でもバルト様と顔を合わせたのは、初日の一回きりだけよね？」

「ご主人様は忙しい方ですから。あまり時間がとれないのでしょう」

「そう。そうなのね。それは、公爵様ですからね。さぞ忙しいんでしょう」

そうつぶやきながら、カトリーナは遠くに目をやる。

「バルト様は、訓練以外の時間は家にいらっしゃるのかしら？　公爵家当主ですから、訪問者はいらっしゃるかと思うのですが、対応はどなたが？」

「バルト様は基本的には顔をお出しになりません。執事長か、近くに駐在している代官が代わりに対応しています」

「そう……そうなのね」

カトリーナは黙り込むと、これからラフォン家に嫁《とつ》ぐ者としてどうするべきか、じっくりと考える。

そしてしばらくすると、すっきりとした表情で目を見開いた。

「決めました。私、喧嘩を売ります」

はきはきとした言葉を聞いて、ダシャはびくりと体を震わせる。

専属メイドのあまりの様子に、カトリーナは苦笑いを浮かべる。

「あの……誰にでしょうか？」

「誰に？　決まっているじゃない。バルト様に明日、喧嘩を売ってきます」

「はぁ!?」

「ですから、バルト様にお伝えしておいて。明日の朝、お部屋に喧嘩を売りに行きますと」

「そんなこと言えるわけないじゃないですか！」

ダシャは必死で抵抗するが、カトリーナは笑顔で押し切った。

「よろしくね」

彼女はこの屋敷で二番目に強い権力を持つ。その言葉に逆らうことができるのは、バルトだけである。

ダシャは頭を抱え、ため息をつきながらも『ＮＯ』とは言えない。

心の中で彼女に謝りつつ、カトリーナは明日どうするかを脳内でシミュレートしはじめた。


そして次の日の朝。

カトリーナの身支度を手伝いながら、ダシャは必死に彼女を説得していた。

「カトリーナ様。やめませんか？　いや、本当に。相手は公爵家当主ですよ？　暗黒の騎士ですよ？」

「何よ。ダシャ、怖いの？　私は別に怖くないわよ。大丈夫、大丈夫」

「ご主人様はお優しい方なので、怖くはありません。ですが、身分が違いすぎるいうか、なんというか……」

「でも、ちゃんと伝えてくれたのよね？　あと、アレの準備はできてる？」

「ええ、ですが……」

「ありがとうね、ダシャ」

カトリーナはダシャからの説得を華麗にかわしつつ、身支度を整えると、その足でバルトの部屋に向かった。超早足である。

ちなみに、騒ぎを聞いて駆けつけてきたプリーニオは、ダシャの加勢などせず、ニコニコと笑みを浮かべてついてくる。

ダシャは一生懸命カトリーナを止めようと追いすがるも、彼女は決して止まらない。

「もう！　どうしてそんな風に、事を荒立てることばかりなさるのですか⁉」

そんな悲痛な叫びに、カトリーナは律義に応じる。

「決まっているわ。それが必要なことだからよ」

「必要ってどういうことですか⁉」

「ラフォン家にとって必要ということです。ここに来てから、私はいろいろと考えました。今のラフォン家は、公爵家として足りないものが多い。私は元々子爵家令嬢であり、公爵家の崇高《すうこう》さの一端も理解していないかもしれませんが、これだけはわかります。バルト様はあのままではだめ。絶対に」

カトリーナの目は、迷いなく前を向いていた。

ダシャはいつのまにか、彼女の言葉に聞き入っている。

「私の実家は貧しかった。けれど、努力していないわけではなかったの。父も母も、必死になって頑張っていた。私も、そんな両親を助けたいと思ってこうして公爵家にやってきています。けれど――バルト様は逃げているだけではないですか？　私は、その事実に心の底からむかつくんですよっ！　だから、喧嘩を売ってきます」

（それに……どうしてもあの横顔が忘れられないんだよね。寂しそうな哀《かな》しそうな、あの横顔が）

そっと胸に秘めている、あの時の感情。

カトリーナは毎日、その感情に揺り動かされてきた。

初めてこの地に来た日、庭園で見たバルトの泣き顔。その顔が脳裏から離れなくて、カトリーナは無理やり、彼に干渉する口実を探した。

いろいろと言ってはいるが、ただあんな表情を浮かべるバルトを放っておけないだけだ。

世の中すべてを諦《あきら》めているような。

たった一人で生きているような。

すべてを失ったかのような。

そんな、哀《かな》しい表情を浮かべたバルトを、放っておけない。

その感情に名前なんてない。まあ、むかついたのも、本当だけれど。

だからカトリーナは、バルトの部屋のドアを叩く。

どんどんどん。

何度も何度も、ドアを叩く。

どんどんどん。

それでも反応のないドアを——

「いつまでもシカトしてんじゃないわよ!!」

カトリーナは蹴破ったのだった。

バキィッと、とてつもない音が響き渡る。

「ひぃっ、カトリーナ様！」

悲鳴を上げるダシャを無視し、カトリーナは蹴破ったドアをすり抜けて中に入る。

足がジンジンとしびれているが、表情には出さない。

部屋の奥には、ベッドの上で上半身を起こすバルトがいた。

(——冷たい)

気温は特に変わらない。部屋の中に冷房がついているなんてこともない。

だが、目の前の男から発せられる圧力が、カトリーナには冷気のように感じられた。

刺すような視線。体からあふれ出る殺気。

これが、歴戦の戦士が醸《かも》し出す雰囲気なのだとしたら、戦場はどれだけ殺伐《さつばつ》としているのだろう。

カトリーナは思わず唾《つば》をのみ込んだ。

気を抜けば、すぐさま逃げ出してしまいそうになる自分を、必死で抑える。

「ごきげんよう。お久しぶりです。お元気でしたか？」

あくまで優雅にしとやかに、カトリーナは声をかけた。ドアを蹴破ったことすら忘れたような態度で、淑女《しゅくじょ》の礼をとる。

しかしバルトは殺気をおさめない。

「なんの真似だ」

「あら？　ダシャから伝えてありましたでしょう？　本日、お部屋に行きますと。それに、未来の旦那様の無事を確認したいと思うのは、婚約者として当然ではないでしょうか？」

「そんなもの、プリーニオに聞けば済むことだ」

「私はこの目で見たかったのです。ご無事で安心いたしました」

カトリーナはお腹にぐっと力を入れると、背筋を伸ばした。

そして、ベッドにいるバルトを見下ろす。

「バルト様はこれまで、いろいろ大変な思いをされてきたそうですね。幼い頃から公爵家を背負い、その重圧に潰されないようにしながらも、国の騎士として生きていく。とても普通の人にできることではございません。しかし、その努力の末に名づけられた二つ名や、公爵家という立場に、多くの人は惑《まど》わされて、あなた様を拒む。それによって傷ついた心は、すぐには癒《い》えないことでしょう」

カトリーナの言葉に、バルトはぐっと眉間にしわを寄せると、うつむいた。

彼女はさらに詰め寄る。

「しかし――だからといって、そのように人との関係を断《た》って、部屋に閉じこもっていれば済むと思ったら、大間違いです。とりあえず、私が来てから一週間以上が経ちましたが、私はここから去っていない。バルト様はこのまま一生部屋に閉じこもっているおつもりですか？　それが、公爵家当主としてふさわしい態度だとお思いですか？」

バルトはうつむいたまま、剣呑《けんのん》な雰囲気でカトリーナを上目遣《うわめづか》いで睨《にら》む。

「お前に何がわかる。出会って一週間の男のことなど、何もわからないだろう」

「だから知りたいと思っているのです。これから何十年も一緒にいることになるかもしれないのですから」

「何十年も？　それこそ笑い話だ。この俺と添い遂《と》げるつもりか？」

バルトはやや苛立《いらだ》った様子で立ち上がった。彼はカトリーナよりも頭一つ分くらい身長が高い。

改めて見ると、抑え込んでいた恐怖心が膨《ふく》れ上がる。

だが、カトリーナはバルトをなかば意地になって睨《にら》み返した。

「来た時も言っただろう？　実家に金銭の援助はしてやる。だからさっさと出ていけと」

「ハッ」

カトリーナは、鼻で笑う。

何事かとバルトは目を丸くするが、彼女はかまわず続ける。

「……本当にくだらない」

「何？」

「そうやって、お金さえ渡せば丸く収まるという思考が、子供っぽくてくだらないって言ったんです。何より、甘ったれすぎて反吐《へど》が出ます」

「な……」

カトリーナの言葉に、バルトは顔を引きつらせて固まった。

きっと、このような暴言を吐かれたことがないのだろう。カトリーナ自身も言いすぎたと思っているが、今さらやめられない。

「前も言っていましたね……確かに私は金銭の援助を期待して、ここへ来ました。ですが、それはもう必要ありません。ですから、あなたが言う『援助してやるから出ていけ』という理屈は通用しないのですよ」

「必要ない……だと？」

「ええ」

カトリーナは頷《うなず》くと、プリーニオを呼び寄せて手帳とペンを取り出させる。

「では、プリーニオ。計算してください。……まずは、畑を任せている村人たちですが、税金の免除をしてもらっているようですね。今、私は畑を手伝っているのですが、毎日畑仕事を手伝ったとして、一年間でどれだけの税が免除されるか、書いておいてください」

「はい、かしこまりました」

カトリーナはプリーニオのペンの動きを見ながら、話を続ける。

バルトは何が始まったのか理解できないらしく、ぽかんと呆けていた。

「さて、次ですが……。バルト様。商人と使用人が癒着《ゆちゃく》していた話は聞きましたか？」

「あ、ああ。あの問題は迅速《じんそく》に処理されたと――」

「あの問題を解決したのは、私です。さぁ、プリーニオ。毎日の食材の仕入れ値を考えた時に、私が関わることで削減できた一年分の金額を足してちょうだい」

「はい、かしこまりました」

プリーニオは薄い笑みを浮かべながら、紙に計算をしていった。

「では最後に……この領地にはまだたくさんの資源があります。たとえば、ナズナという植物。それには心臓の病気に効果がありますし、便秘の治療薬にもなります。クキイモというものもありましたが、あれの根はとても栄養が豊富でおいしい食材です。飢饉《ききん》のときには領民の命を救う食料となるでしょう。そして、シソ。これは、公爵家としての産業の一つになりえます。ダシャ、昨日作ったあれ、こちらに持ってきてくれる？」

「は、はいぃ！」

突然声をかけられたダシャは、急ぎ足で一本の瓶《びん》を持ってきた。

瓶《びん》には、まるでワインのような濃い赤色の液体が入っている。その液体を杯《さかずき》に注《つ》ぐと、ダシャはバルトのそばにあるサイドテーブルに置いた。

「これは、シソジュースです。疲労回復効果や美白効果があると言われています。このシソジュースを公爵家の特産品として商家に卸《おろ》すと考えて……そうね、一年間でこれくらいの利益が見込めるかしら」

前世の記憶とこの世界の特産品の相場から、ざっとした金額を割り出す。それをプリーニオに伝えて、手帳にメモしてもらった。

「さて、プリーニオ。これら全部を足したものと、バルト様が我《わ》がリクライネン子爵家に援助しようとしていた一年分の金額を比べると、どうかしら？」

カトリーナが質問すると、プリーニオは静かに頷《うなず》く。

「ほぼ同じでございます」

「そう。正当な報酬をもらえるとしたら……とりあえず一年分の援助金と同等の金銭を得ることができます。もちろん、私の勝手な言い分なので、報酬を支払わないと言われてしまったらどうにもできませんし、二年目以降の金策は考えておりませんが……」

カトリーナが前に一歩出ると、バルトは一歩後ずさった。

「……バルト様。これでもう、援助してやるから帰れとは言えませんよね？　私は、お金さえもらえればいいなんて軽い気持ちでここに来ていません。そんなことを私に言うのは、私の覚悟を軽視しているのと同義です。あなたは、私の覚悟を軽んじた。そのことに私は怒っています。あなたはどういうつもりで、私を避けていますか？　そこに、信念や覚悟はありますか？」

カトリーナが問いかけても、バルトは押し黙ったままだ。『ぐうの音《ね》も出ない』という雰囲気である。

それを見て、カトリーナは内心ほっとした。

というのも、この金銭援助を突き返す方法は、公爵家の地盤がなければ得ることができないものばかりだからである。

免税なんてその筆頭。カトリーナはこの地の領民ではなく、税金は払っていないのだから、本当のところは関係ない。

食材の費用削減も、削減した費用が自分に入るよう契約をしたわけでもない。

最後のシソジュースに至っては、売れるかどうかもわからないし、シソそのものは公爵領から拝借したものだ。アイディア料は取れるだろうが、さっきの利益計算はかなり色をつけている。

──つまりすべては、はったりだ。

こんなはったりが通用したことに内心喜びながら、カトリーナはバルトの様子をうかがう。

すると、剣呑《けんのん》な雰囲気のまま、バルトは小さくつぶやいた。

「……すまなかった」

謝罪の言葉に、カトリーナはもちろん、プリーニオとダシャも目を見張った。

ここが勝負所だ。カトリーナは両手を握りしめる。

「それはどういう謝罪でしょうか？」

「俺は……君も今までの令嬢と同じく、上辺だけで近寄ってきているのだと思っていた。そんな覚悟を持ってきてくれているとは思っていなかったんだ。本当に……すまなかった」

わずかではあるが頭を下げるバルトに、カトリーナも溜飲を下げる。

しっかりと自分の言葉を聞き、素直に謝ってくれたその姿勢に、好意的な印象さえ抱《いだ》いた。

「そう言ってくださるのならば、今までの非礼は忘れましょう。それで？　バルト様はその謝罪を経て、どうなさるつもりですか？」

「どうする？　それは……」

言葉に詰まるバルト。

そんな彼を見つめ、カトリーナはそっと微笑む。

とりあえず今回の婚約者は、素直に自分の非を認めることができる人らしい。だが、今まで人と交わらず、他人との交流を避けてきたせいか、その関係性を改善しようという発想がないのだろう。

もしかすると、あまり人間関係に恵まれた人ではなかったのかもしれない。

そう思うと、庭園で見たあの泣き顔が、脳裏に浮かぶ。

寂しそうなあの顔は、まるで何かにおびえる子供のようだった。

目の前でしゅんとしている男は、王国一恐ろしい男なのに、どこか可愛く見えてしまうから不思議である。

それならば、とカトリーナは口を開いた。

「では、バルト様。一つ提案があります」

提案、という言葉にバルトの眉がピクリと動いた。

「謝罪してくださいましたが、私を疎《うと》ましく思っているのは確かなのでしょうから……そうですね。勝負をしませんか？」

「勝負だと？」

「ええ。バルト様は私を追い出したい。私はバルト様のことを知りたい。正式に婚姻を結ぶまでの間、私と真剣勝負をいたしましょう。まさか――暗黒の騎士とも呼ばれるバルト様が、勝負から逃げる、なんてことはありませんわよね？」

カトリーナは不敵な笑みを浮かべた。

カトリーナが提案した勝負の内容はこうだ。

前提としてバルトは、カトリーナを避けずに生活をしていくこととする。

そしてカトリーナも、できる限りバルトと一緒に行動する。

その間、バルトはカトリーナを真正面から出ていくよう促《うなが》すことができる。カトリーナが実家に帰る気になれば、バルトの勝ちというわけだ。

一方のカトリーナは、追い出される可能性があるという疎《うと》ましさはあるものの、バルトと接して彼のことを知ることができる。ちなみにもちろん、暴力行為は禁止だ。

バルトは安易な挑発に乗って、その直接勝負を受けたのだった。

「では、いただきましょうか」

カトリーナはそう言って、目の前に置かれた食事に手をつけた。

隣にダシャが控えており、食堂の入り口にはプリーニオが立っていた。

いつもと変わらない夕食の時間――とは、少し違う。カトリーナの目の前の席には、バルトが座っているのだ。一緒に食事をするのは初めてである。

「今日もおいしいですね！　あ、バルト様。このお野菜の収穫は、私も手伝ったんですよ？　とてもおいしそうでしょう」

カトリーナはは
ずんだ声でバルトに笑いかける。

一方のバルトは、ひどく険《けわ》しい顔で静かに料理を口に運んだ。ろくに返事もしない。

「そういえば、バルト様の明日の予定はどうなっていらっしゃいますか？　普段、お姿をお見かけしないものですから、何をしていらっしゃるかわからないのです。教えていただけますか？」

「明日は……特に用事はないが、毎日騎士団の訓練に行っている」

「そうなんですね！　ぜひ見に行きたいところですが……お邪魔になってしまうでしょうか？」

「訓練など……見ても面白いものじゃない」

「あら。面白いかどうかは、見る人が決めるんですよ？　それはさておき、お邪魔にならないのでしたら、ぜひ行かせていただきますね。楽しみです。騎士団の方にも挨拶《あいさつ》しなくては」

喜ぶカトリーナの姿を見ながら、バルトは苦虫を噛《か》み潰したような表情を浮かべた。食事をとる動作もやや乱暴で、見るからに苛立《いらだ》っている。

そのせいで、配膳するメイドやダシャはおびえているが、カトリーナは涼しい顔で食事を進めた。

メイドたちには申し訳ないと思うものの、カトリーナは楽しんでいる。

バルトの部屋に乗り込んだ時にわかったのだが、彼はどうやら暴力に訴《うった》える人ではないらしい。言葉や態度で人を怖がらせるのは、人を遠ざけたいからかもしれない。

人から拒絶され続けてきた彼だからこそ、もう傷つきたくないのだろう。

そんな憶測を頭の中で巡《めぐ》らせながら、カトリーナは自由に振る舞った。彼女は時折バルトに声をかけるが、返答はほとんどない。

そして、ようやく食事が終わろうという時、バルトはカトリーナにそっと疑問を投げかけた。

「どうして……」

「はい？」

「どうしてお前は、俺を怖がらないんだ？」

突然の質問に、カトリーナはきょとんとする。しかし次の瞬間には満面の笑みを浮かべた。

「怖いですよ？」

なんの負い目もなしに告げた言葉に、バルトは目を瞬《またた》かせる。

「バルト様は素晴らしい騎士ですもの。その鋭《するど》い視線で睨《にら》まれると足は震えますし、殺気を放たれてしまったら息ができなくなるほど恐ろしいです。できれば、あまり怖くないようにしていただけるとありがたいと思っています」

「だ、だが……お前はこうして話をしている。少なくとも、今はおびえていない。そうだろう？」

「そうですね」

カトリーナはそっと視線を落とすと、顎《あご》に手を添えて考え込む。

そして、やや上を見ながら、ぽつりぽつりと絞《しぼ》り出すように言葉を紡《つむ》いだ。

「バルト様は、私に害を与えようと思って凄《すご》んでいるわけではないでしょう。手を上げないお方のようですし、私自身に危害を加えるわけではないようですから、いたずらに怖がる必要はないと思っています。答えになっていますか？」

(それに、いくら怖くても、あんな寂しそうな表情を浮かべる人を、放っておけないじゃない)

そんな言葉も、心の中で付け加える。

「だが、今まで出会った者たちは――」

「違います」

不安そうなバルトの言葉を、カトリーナは乱暴に遮《さえぎ》った。

「私は、今まであなたが出会った誰とも違います。幼少の頃に出会った貴族たちでも、以前お見合いに来た令嬢でもないのです。私はカトリーナ。あなたの婚約者ですよ？　昔出会った人たちと重ねて、色眼鏡で見ないでくださいませ」

彼女がそう言い切ると、バルトの顔はさっと赤らんだ。そして彼は、気まずそうに目を逸《そ》らし、顔を歪《ゆが》めた。

「す、すまない」

「わかってくだされればいいのです。さぁ、食事を楽しみましょう？　私は今のあなたを見ています。ですから、バルト様も今の私を見てくださいませ。そこから始めましょう？」

バルトの顔が――すっと緩《ゆる》む。その表情はわずかながら、微笑んでいるように見えた。

すると、カトリーナの心臓がドキドキと高鳴る。それを誤魔化すように、最後の一口を食べた。

(怖さに隠れていたけど……よくよく見ると、バルト様ってとんでもなく美形なのね)

そんな浮かれた考えを振り切ろうとするカトリーナ。しかし結局、自分の部屋に戻るまで、彼の笑顔が頭から離れないのであった。

◆

一方、その頃——

カトリーナの元婚約者であるサーフェは、王都の屋敷で過ごしていた。

彼は自室のソファに腰かけ、夜会で連れていた女性を隣に座らせている。

「聞いたかい？　カトリーナはあの暗黒の騎士へ嫁《とつ》ぐらしい。がさつな女にはちょうどいいだろう」

サーフェは手に持っていたグラスのワインを、ぐっと飲み干した。

女性はサーフェにもたれかかり、笑みを浮かべる。

「カトリーナ様には、確かに戦場がお似合いですわね。でも、あんな恐ろしい方の婚約者になるなんて……とてもかわいそうだわ」

「あんな女にさえも同情するなんて、お前はとても優しいな。さぁ、可愛がってやろう」

「はい、サーフェ様」

サーフェは女性をソファに押し倒し、二人はそのまま快楽に溺れる。

その最中、女性はとても楽しげな——しかし、歪《ゆが》んだ笑みを浮かべた。

「本当に、いい気味です。ねぇ、カトリーナ」

そんなつぶやきは、サーフェの耳に届かず、夜にまぎれて消えていった。

◆

ここストラリア王国は、大国と言えるほど力のある国ではない。しかし他国にとって利益を生み出す力——多くの資源や産業を持っていた。

海に面しており、海産資源が豊富。さらには南北に長い国土のせいか、国内でも地域によって寒暖差があり、幅広い自然の恵みを得ることができた。飢《う》えることは少なく、国民にとっては住みやすい国と言えるだろう。

そのため近年は、周辺国が困っている時に支援するなど、友好的に付き合っていた。

だが、隣国であるブラエ王国は資源が少なく、ストラリアへの僻《ひが》みがあるせいか、関係があまりよくなかった。

そんなブラエ王国と隣接するストラリア王国の領地が、バルトが治めるラフォン領である。

暗黒の騎士であるバルトは、ストラリア王国のみならず、他国でもその名を轟《とどろ》かせていた。

彼が領地に滞在し、日々訓練をしていれば、ブラエ王国への牽制《けんせい》にもなる。そのため騎士団は、国の防壁として訓練し続けているという——

「ここがその訓練場なのね」

カトリーナの前には、騎士団の宿舎と広々とした訓練場がある。

その中では騎士たちが訓練をしており、ぶつかり合う金属音が聞こえていた。

公爵家本宅からほど近い訓練場に、カトリーナはダシャと一緒に来ている。

訓練場に入ると、二百人近くの騎士が切磋琢磨《せっさたくま》していた。

この騎士たちは、中央から派遣された地方騎士団員とラフォン家直属の騎士が交ざっているという。みんな、バルトを慕《した》っているらしい。

その圧巻の光景に、カトリーナは目を奪われた。

「こんな野蛮なところに来なければならないなんて……」

訓練の様子から目を逸《そ》らし、ぶつぶつ文句を言っているのはダシャだ。

「そう言わないの。私は面白いわよ？　騎士が戦っている姿なんて、見る機会もないし」

「確かに……そう言われれば、そうかもしれませんが」

ダシャは唇を突き出して、やや拗《す》ねたような表情をしている。

その可愛らしい表情に、カトリーナは微笑んだ。

「さぁ、行きましょう？」

ゆっくりと訓練場の中を歩いていくと、全体を指揮していたバルトがこちらに気がついた。

彼はその場から動かずに、カトリーナたちをじっと見つめる。そして声が届くところまで近づくと、不機嫌そうに言った。

「本当に来たのか」

「行かせていただくと言ったからには、実行しますわよ。それよりも……こんなに多くの騎士たちが、この国を守ってくださっているのですね」

「まあ、な。公爵領は隣国と接している。ここで隣国からの攻撃を食い止められなければ、我《わ》が王国の領土が脅《おびや》かされてしまう」

「その防衛の主軸を担《にな》っているのがバルト様ということですね。素晴らしいです」

「っ――!?」

カトリーナが素直に言うと、バルトは気まずそうに顔を歪《ゆが》めた。

その時、訓練中の騎士の中から、二人の人影が近づいてくる。

一人はすらりと背の高い金髪の男性。そしてもう一人は、大きな瞳が特徴的な藍色の髪の女性だ。どちらも騎士服を身につけている。

「団長、珍しいですね。お知り合いの方ですか？」

金髪の男性は、爽《さわ》やかな笑みを浮かべてバルトに声をかけた。そして、カトリーナをまっすぐ見ると、自然な動作で礼をする。

「初めまして。エミリオ・エクスデーロと申します。もしよろしければ、美しいご令嬢のお名前を私に教えていただけますか？」

「まぁ、お上手ですね」

カトリーナも笑みを浮かべながら、淑女《しゅくじょ》の礼をした。

「私は、カトリーナ・リクライネンと申します。バルト様の婚約者として、王都からやってまいりました。よろしくお願いしますね、エミリオ様」

「婚約者!?」

二人の騎士は驚きの声を上げて、カトリーナを見る。

女性の騎士は苦々しく顔を歪《ゆが》め、エミリオはどこか楽しそうだ。彼はバルトに詰め寄ると、からかうようにばしばしと腕を叩く。

その気安い距離感を見て、カトリーナは思わず頬を緩《ゆる》めた。

「やったじゃないですか！　団長！　さんざん逃げられてきたのに、その年になってこんなに可愛い人が来てくれるなんて！」

「なんでお前が喜んでいるんだ。こいつもどうなるかわからん」

「何を照れてんですか。わざわざ訓練まで見に来てくれる人なんて、普通いないですよ!?　さぁ、カトリーナ嬢。おつきの人も。あちらに椅子がありますので、腰かけて見学なさってください」

エミリオはそう言って、屋根がついている見晴らし台のようなところに案内してくれた。そこには椅子とテーブルが並んでおり、訓練風景もよく見える。

カトリーナとダシャは大人しくエミリオに従《したが》うと、椅子に座った。そして彼に頭を下げる。

「ありがとうございます。そういえば、ダシャ。あれを出してくれる？」

「はい、カトリーナ様」

カトリーナが声をかけると、ダシャは両手に提《さ》げた袋を持ち上げた。カトリーナも同じものを持っており、その中には、たくさんの焼き菓子が入っている。

「公爵家の料理人の方に教えてもらって一緒に作ったんです。拙《つたな》いものですが、訓練の合間によろしければお召し上がりください。一応……人数分はあると思いますから」

大きな包みを四つ受け取ったエミリオは、それを高く掲《かか》げた。

「おお、みんな喜びますよ！　おーい！　お前ら！　差し入れだぞ！　休憩にしよう！」

すると、バルトが鋭《するど》い視線を向けてくる。

「おい、勝手に――」

「いいじゃないですか、バルト様。バルト様も、ぜひ召し上がってください」

「ちょ、おいっ」

カトリーナが強引にバルトを押し出すと、彼はしぶしぶ、エミリオについていく。

しかし、もう一人の女性の騎士は、その場に残ってカトリーナを見つめてくる。その瞳には、妙に力が宿《やど》っていた。

「そちらの方も、よろしかったら召し上がってくださいませ」

そう呼びかけても、女騎士は動かない。

カトリーナが首をかしげると、女騎士はキッとこちらを睨《にら》みつけて、乱暴に踵《きびす》を返す。

明らかに苛立《いらだ》った態度を取られ、カトリーナは釈然《しゃくぜん》としない思いを抱《いだ》いた。

「えっと……何、あれ？」

「さぁ。私には、騎士の方々の考えていることなど、わかりませんから」

カトリーナの質問を、ダシャは冷たく切り捨てた。

その後、休憩を終えた騎士たちは、訓練を再開した。

大勢が一斉に動くと、広場に砂ぼこりが舞う。彼らはその中で、剣を振りかざす。

カトリーナがなんの気なしにバルトを見ると、彼はうっすらと汗を浮かべながら、数人の騎士と戦っていた。その表情は、生き生きしている。

(家では、あんな顔しないのに)

ぼんやりとそんなことを考える。

少しだけ胸が痛んだ気がしたが、気のせいだと首を振った。

その時、ふと背後から影が落ちた。

顔を上げて振り返ると、彼女の後ろには先ほどのエミリオが立っている。

「あら、エミリオ様。訓練はよろしいのですか?」

「俺は副官ですから。俺に文句を言えるのは団長だけですし、サボっても問題ないんですよ。だから、ちょっとあなたと話をしたくて」

「光栄です。私もエミリオ様とお話ししたいと思っていましたから」

カトリーナは隣にある椅子を軽く示した。

エミリオは促《うなが》されるままに、そこに座る。

「これは、どうもありがとうございます」

「それで?　何を話したかったのですか?　ただの雑談というわけではないですよね?」

いきなりそう切り出したカトリーナに、エミリオは目を見開き――そして微笑む。

「そんなに警戒しないでください。まず、もう一人の副官の態度を謝りたくて。彼女はカルラというんですが、ツンケンした態度を取ったようで、申し訳ありませんでした」

「あの方はカルラ様とおっしゃるのですね。いろいろと思うところはあるのでしょうし、気にしてないから大丈夫ですよ」

「ありがとうございます。それと……カトリーナ嬢に、団長のことでいくつか話しておきたいことがあって」

「話しておきたいこと、ですか？」

「そうです。なぜ団長がいまだに独身なのか。そのきっかけになった出来事を伝えたいのです」

笑顔で話すエミリオに、カトリーナは思わず顔をしかめた。

なぜいきなり、そんな話をするのだろうか。

かなり怪《あや》しいが、今後のバルトとの関係において、聞いて損はないかもしれない。考えを改め、彼女は大きく頷《うなず》いた。

「興味深いですね。どのようなお話なのですか？」

「それはですね……」

エミリオは、軽い調子で話しはじめた。

バルトは幼少期に王族から迫害を受けたことで、王侯貴族が苦手なこと。

暗黒の騎士と呼ばれる自分は、誰からも嫌われていると思い込んでいること。

騎士団員以外とは、意図的に距離を取っていること――などなど。

おおむね聞いたことがあったり、想像していたりしたエピソードである。

しかしその中に一つ、カトリーナが驚いたものがあった。それは、バルトは戦いが嫌いという話だ。

「まさか。これだけ有名な騎士なのに、戦うのがお嫌いなのですか？」

「そのまさかですよ。訓練は嫌いじゃないみたいで、楽しそうにやっています。けれど、いざ戦場に出て戦うのは、怖いようなんです」

「怖い……ですか」

カトリーナはその言葉に戸惑《とまど》い、ぼんやりと繰り返す。

「それでも団長は強いから、勝ってしまう。たくさんの命を奪うことがつらいんですよ。戦場で顔が怖くなるのは、つらいからだそうです。……俺も初めて知った時は驚きましたけどね」

「それなのに、国のために戦うなんて――」

バルトの気持ちをおもんぱかったカトリーナの言葉を、エミリオは遮《さえぎ》る。

「ところが、それも違うらしいです」

「へ？」

「国のために戦っているつもりはないんですよ。団長はこの領地が好きで……それも、義父《ちち》だった前の公爵閣下を尊敬しているからみたいなんですけど、その公爵閣下が残した庭園っていうのが――」

「何をペラペラ話している」

今度は低い声が、エミリオの話を遮《さえぎ》った。

カトリーナたちが振り返ると、バルトが二人を見下ろしている。その表情はひどく険《けわ》しい。

「い、いや？　未来の奥様に、団長の素晴らしいところを、お話ししていただけですよ？　別にやましいことなんてありませんですよ、はい」

「口調がおかしいぞ？」

すっかり青ざめてしまったエミリオ。

カトリーナも、どこか気まずくなった。

そんな彼女を置いて、エミリオは「そろそろ、訓練に戻りまーす」と立ち上がる。

「エミリオ、後でわかってるな？」

バルトの声で、エミリオはびくりと肩を震わせたが、そのまま立ち去っていった。

残されたカトリーナは困り果て、バルトを見上げる。だが彼はカトリーナを見つめるばかりで、何も言わない。

彼女は沈黙に耐《た》えきれなくなり、先ほどエミリオが言いかけた言葉を思い出す。

「そういえば——本宅の庭園なのですが、バルト様のお義父様《とうさま》が作られたものなんですか？」

「……それが、どうした」

「あ、私、あの庭園はとても素晴らしいと思っていて！　もしよろしければ、今度お見せいただけないかと——」

そこまで言ったところで、カトリーナは気がついた。

バルトがすさまじい形相で彼女を見つめていることに。

思いがけない変化に、カトリーナは思わず肩を震わせる。

すると、バルトは眉間にしわを寄せ、悲しそうな顔をした後——背中を向けた。

「あそこに入るのは許さない。誰であろうと、絶対にだ」

そう言い切ったバルトの後ろ姿は、怒《いか》りにあふれているのに、なぜか寂しそうだ。

カトリーナは言葉を失い、静かに彼を見送った。

◆

次の日、カトリーナは落ち込んでいた。

それはもちろん、バルトを怒らせてしまったからだ。

昨日の夕食も今日の朝食も、バルトは食堂に顔を出したが、一言も話さなかった。

そして今朝もすぐ訓練へ行ってしまった。

カトリーナは大きなため息をつきながら、ベッドでゴロゴロと転がる。

その服装は、部屋着として使っている膝丈のワンピースだ。

「ねぇ？　ダシャ。やっぱりバルト様にとってあの庭園は特別なのよね。どうしてか知ってる？」

あまりにひどい恰好をしている主《あるじ》を見たからか、ダシャは露骨《ろこつ》にため息をつきながら返答した。

「はぁ……。私は存じません。なんでも知っているわけじゃありませんから」

「そうよね。でも、あれは怒っていたわよね。どうしたらいいのかしら」

「それより、今のカトリーナ様の恰好をどうにかしたほうがいいのでは？」

指摘されたカトリーナだが、特に気にせずに足をばたばたと揺らす。

ダシャの表情が徐々に強張《こわば》っていくのは、気のせいではないのだろう。

「無理するのはもう疲れたの。自分の部屋でくらい、ゆっくりさせて」

「度が過ぎています。あの下着のような服もどうかと思いますね。あんなもの、淑女《しゅくじょ》が穿《は》くものではありません」

「あら。ホットパンツのこと？　ダシャも穿《は》く？　らくちんでいいわよ」

「絶対に穿《は》きません！」

ばっさりと断られたカトリーナは不貞腐《ふてくさ》れながら考える。

昨日バルトが怒ったのは、あの庭園について話を振ったことが原因だろう。

きっと、あそこはバルトにとって特別な場所なのだろう。だが、立ち入りを拒む理由がわからない。

カトリーナの思考は、そこまで至っては戻るの繰り返し。脳内はぶすぶすと燻《くすぶ》っていく。

そんなカトリーナを見て、ダシャはぽつりとつぶやいた。

「何やらカトリーナ様らしくありませんね」

「え？」

「カトリーナ様らしくない、と言ったのです。こちらに来て以来、カトリーナ様は勝手に畑に入ったり、山に分け入ったり、バルト様の部屋に乗り込んだり……自由に振る舞ってきたではありませんか。そんなカトリーナ様が思い悩むなんて、らしくないと思ったんですよ」

ダシャの言葉はもっともだ。

あの時と今――動けるか否《いな》かは、何が違うのだろうか。

考えた末に、一つ大きな違いに気がついた。

以前はバルトと行動をともにしていなかったけれど、今は違う。

バルトが公爵家に滞在して時間が空《あ》いている時には、基本的に一緒にいる。言葉を交わさなくても、一緒の空間にいるだけで、今までのような一人きりとは違うのだ。

バルトを怒らせ、別の空間にいる間も、彼のことをとても気にしている。そんなことに気がつき、カトリーナは動揺した。

「だって――私は家のために婚約したのよ。だから仕方なく……。でも、あんなに寂しい顔をする彼を、放っておけなくて……」

バルトのことが、気になってどうしようもない。

カトリーナは途端に恥ずかしくなり、顔が熱くなった。

じっと探ると、胸の奥には、ほんのりと温かいものが灯《とも》っている。

しかし、それ以上に、自分が傷つくことを恐れていた。

もし自分がさらに何かをしてしまい、バルトに一層嫌われたらどうしよう。

せっかく話すことができるようになったのに、拒絶されたら、どうなってしまうのか。

そういったことが、今はとてつもなく怖い。

どちらも自分の大事な感情だ。

(確かに、うじうじしているのは私らしくないよね)

——カトリーナは自分に生まれた温かい感情を押し殺すのではなく、恐怖を乗り越えることを選んだ。

カトリーナはベッドから出ると、ワンピースを脱ぎ出す。

「なっ⁉　カトリーナ様⁉」

慌てて止めようとするダシャだったが、カトリーナは素早くドレスを着てめかしこむと、仁王立《におうだ》ちする。

「ありがとう、ダシャ。私、なんだかすっきりした気がする。確かに、部屋に閉じこもっているのは、私らしくなかったみたい」

「は、はい」

「だから、まずは直接謝ろうと思うの。今の時間、バルト様が何をしているかわかる？」

「えっと……バルト様はまだお出かけになられていますが、そろそろ帰っていらっしゃいますよ？いつも帰ってきたらまず、庭園に寄るのです」

「そう……庭園ね。わかったわ」

カトリーナは頷《うなず》くと、すぐに部屋から出ていく。

背後で聞こえるダシャのため息を置き去りにして、カトリーナはわき目も振らず庭園に向かった。

庭園は畑に行くたびに横目で見るから、場所はすっかりおなじみだ。

とてつもなく美しいその庭園に飛び込むと、カトリーナは中央でバルトを待つことにした。

しばらくするとダシャが追いついたのか、「げ」と彼女らしからぬ声が聞こえてくる。そして、頭を抱えて何やらつぶやいている。

「だから、庭園に入るなって言われてるじゃない。そこで謝るとか、わけがわからないんだけど」

一応の主《あるじ》であるカトリーナに向けての言葉とは到底思えなかったが、かまわない。

今はここでバルトを待ち、そして謝罪をする。

それだけを願いながら、カトリーナはその場で仁王立《におうだ》ちをして、堂々と待つのだった。


しばらくして、庭園の入り口にバルトが現れた。

「なんの真似だ」

彼は周囲のものすべてを拒むような空気を放ち、目の前にいるカトリーナを睨《にら》む。

「謝りたくて来ました。昨日はバルト様を怒らせてしまったようだから」

すでに日は沈みかけ、空は橙色《だいだいいろ》に染まっていた。背中に太陽を背負うバルトの表情は、カトリーナからは逆光になっていてよく見えない。

「もし本当に謝る気があるのなら、ここから出ていけ。俺は言ったはずだ。庭園には入るな、と」

「私が謝りたいのは、不躾《ぶしつけ》にも『庭園を見せていただけないか』とせがんだことです。バルト様は庭園に入るなと言ったけれど、私は承諾した覚えはありません」

バルトの怒《いか》りは最高潮のようだ。醸《かも》し出す雰囲気はもはや圧力でしかない。

「承諾した覚えがないから入っていいとでも？　ここは俺の屋敷だ。誰も俺には逆らえん」

「私はあなたの婚約者です。それ相応の自由は認められているはずですよね。それに勝負の途中ではないですか。できる限り一緒にいるという約束を違《たが》えたのは、バルト様が先ですよ？　さっさと訓練に行ってしまったんですから。……私も連れていってほしかったのに。つまり、バルト様の負けです。勝負から降りたのだから」

横暴な理論を繰り広げると、バルトは理解できないとばかりにこめかみのあたりを揉んだ。

「勝負だの、訓練を見たいだの……やはりまったく理解できん！」

「理解できなくとも負けは負けですよ？　ですから、私のお願いを聞いてください」

「お願い？」

「ええ」

カトリーナは頷《うなず》きながらバルトに近づく。そして、なんでもない風に微笑んだ。

「いくつか質問に答えてください。答えてくれたら、とりあえずこの場所から出ていきますから。どうですか？」

不躾《ぶしつけ》なお願いだが、バルトはしぶしぶ頷《うなず》いた。

「えっと……どうしようかしら。じゃあ、まずは、そうね。どうして、バルト様はそうまでして人を遠ざけるのです？　その理由を教えてください」

剣呑《けんのん》な表情を浮かべるバルトとは裏腹に、カトリーナは笑顔のままだ。

「理由……だと？」

「ええ。理由がなければ、ここまで人を遠ざけませんよね」

「理由……人を、遠ざける理由……？」

バルトは本当にわからないとでも言いたげに、考え込んでいる。

カトリーナはそんな彼の目をじっと見つめた。

彼の目は、どこか焦点が合わず、ぐるぐると宙に向けられている。そこから見えるのは——混乱。

バルトは、彼女の質問に混乱しているのだろう。

自分には理解できない存在。

その存在に自分の在《あ》り方の理由を問われたものの、答えが見つからない。

そう察したカトリーナは、自分の考えをゆっくり語りはじめる。

「バルト様は、生まれた時から誰にも頼れなかったと聞きました。……そんなあなたを受け止めてくれたのは、先代の公爵閣下だったのでしょう。しかし彼もすでに他界している。あなたに近づく人間は、立場や地位を目当てにする者ばかり。それでは誰も信用できないのもわかります。怖いんですよね？　——裏切られるのが」

その言葉に、バルトは大きな体をびくりと震わせた。

「だから、武芸に明け暮れ、それを頼りに大事な場所を守り通している。そこに横やりを入れられるのが嫌なんですよ。変化が怖いんです。裏切られ、心が壊れてしまうのが、怖いんです。だからあなたは人を恐れ……私から逃げ続けてる」

「違う！」

強く否定したバルトの顔は、苦痛で歪《ゆが》んでいた。

カトリーナはまた一歩、彼に近づく。

「怖がらないで誰かと向き合えば、違ったものが見えてくるかもしれません。かつてのお義父様《とうさま》のように、心を許せる相手が現れるかもしれません。でも、それができない。……あなたは人間が怖くてたまらないから。いつか裏切られるかもしれないから。これ以上、傷つきたくない。それを隠すために、そうやって殺気を振りまいている。違いますか？」

「ち、ちが――」

「違わない!!」

カトリーナは大声でバルトの言葉を遮《さえぎ》り、彼を視線で射貫《いぬ》いた。

バルトは途端におびえた様子を見せ、不安げな表情を浮かべる。

そんなバルトは、カトリーナが軽く押しただけでよろめき、倒れ込んだ。彼女もその足にもつれてそのまま倒れ込む。

上から覆《おお》いかぶさる形になったカトリーナは、バルトを見下ろしながら言葉を重ねた。

「あなたは、傷つくのが怖くて人を避けている、弱い人間かもしれない……でも、私はそれでいいと思います」

カトリーナの言葉に、バルトの表情が少しだけ和《やわ》らいだ。

「裏切られるのが嫌で、人が怖くて、関わりたくない。それでいいんだと思います。私だって、貴族令嬢とは思えないくらいがさつだし、考えなしだし、今だって実は勢いでこうやってバルト様に食ってかかっている。そんな行動を後悔してますけど……でも、これが私ですから」

カトリーナは苦笑いを浮かべながら、バルトに語りかける。

「さっきは断言しましたけど……違ったら、ごめんなさい。でももし、私が言ったことが図星なら、お互いもっと歩み寄れるんじゃないかなって思うんです。だって、こんながさつな令嬢には、なんの期待もしないでしょう？　ものは試しとばかりに、練習してみませんか？」

「……練習？」

「ええ。自分の気持ちを伝える練習です。私はそれを通して、あなたのことをたくさん知りたいと思っています。……って、こんな恰好で言うことじゃないですよね!?　ごめんなさい！」

我に返ったカトリーナは慌てて立ち上がると、ドレスについた土を払った。

バルトは倒れたまま、呆然と彼女を見つめる。しばらくして、気まずげに視線を逸《そ》らした。

それから上半身を起こすと、地面に座り直して口を開く。

「こんな俺の……何を知りたいんだ」

それはカトリーナに話しかけているというよりも、むしろ、自分に問いかけるかのようだ。

だが彼女は笑みを浮かべ、バルトのそばにしゃがみ込んで彼の顔を覗《のぞ》き込む。

「全部ですよ？」

「……全部？」

「そうです。バルト様が今感じていることや、昔から思っていること。幼い頃の思い出とか、楽しかったこととか、つらかったこと。それと……この庭園を大事に思っている理由とか。そんなのを、全部知りたいのです」

「な、何を言っている？」

強面《こわもて》のバルトが困惑する表情は、どこかひょうきんだ。

カトリーナはくすりと笑みをこぼす。

「聞いていませんでした？　全部知りたいの。勝負の約束をした時も言いましたよね？　何を考えて、どう思って生きているのか。それを知らないままで、婚約者を名乗れませんしね。まぁ、最近婚約を破棄されたばかりの私が言うのは、いささか滑稽《こっけい》ですが」

自嘲《じちょう》するカトリーナの口は止まらない。

「一度失敗した身だから余計そう思うのかもしれませんが……これからずっと一緒にいるかもしれない相手ですよ？　よく知っておきたいじゃないですか。例えば、どうしてこの庭園が好きで、なぜこの庭園が作られて、バルト様はどんな花がお好きなのか。それに、どうして朝と帰ってきた時にここに顔を出すのか。……どんな些細《ささい》なことでも知りたい。そう……もうここで、一人で寂しい顔をさせたくないんです」

「寂しい顔……？」

不思議そうに、バルトは自分の頬にそっと触れる。

「初めて会った時のことを覚えていますか？　あの時、バルト様は寂しそうにしていたんです。その顔がずっと頭から離れない。……あの寂しさを紛《まぎ》らわせられるのなら、話し相手にだって、お花を愛《め》でる仲間にだってなります。それこそ、私ができることは全部やりたい。だから、聞かせてください。まずは、ここが第一歩です。バルト様のこと、いっぱい教えてください」

次から次へと求められ、バルトは呆然とした。

カトリーナはそんな彼をじっと見つめ、数分、返答を待つ。

しばらくすると、バルトは庭園をゆっくりと見回した。

その視線は、花だけではなく、誰かの動きをたどるかのようだった。懐《なつ》かしむような、慈《いつく》しむような。

ひとしきり庭園を見回した後、彼は空を仰《あお》ぐ。

もうほとんど日は沈んでいる。

淡い夕日に照らされた彼は、初めて出会った時と同じ——哀《かな》しそうに、涙を流していた。

「父さんが……」

バルトは唐突に、そうつぶやく。

「父さんが、俺に花を植えようと……言ってくれたんだ」

カトリーナは小さく頷《うなず》いた。

その仕草をバルトはきっと見ていない。それでも、カトリーナはしっかりと聞いていることをバルトに示したかった。

「……少し、話をしてもいいか？」

「ええ。もちろんです」

涙を拭《ぬぐ》いながら、バルトが振り向く。

カトリーナは笑顔で、もう一度大きく頷《うなず》いた。

すると彼は、穏やかに話しはじめるのだった――

――知っていると思うが、俺の母親は娼婦だった。

娼婦から生まれた子供だからと散々な目に遭《あ》ったが、そんな俺を、父さんは引き取ってくれた。

でも最初は、俺の存在は迷惑に違いないと思って、些細《ささい》なことすら伝えられなかったのを覚えている。

それでも父さんは、俺が興味を持つことはないかと、いろいろと探し回ってくれた。

ある日、父さんは俺に花を持ってきた。その小さな白い花が、とても可愛らしかったのを覚えている。

何気なく俺がその花に触れると、父さんはすごく喜んだんだ。

俺は、それがうれしかった。

父さんが笑うと、俺もうれしかった。

『おぉ、この花が気に入ったか？　可愛いだろう。その小さな一つ一つが花なんだ』

小さい花が集まったそれを、俺はとても気に入ったんだ。

『では、明日から一緒にこの庭園の世話をしようではないか！　ははっ、儂《わし》もやったことはないがな？　きっとできるだろう』

父さんはそう言いながら、いつもめちゃくちゃなことをした。

今ならわかるが、あの時はおかしなことばかりしていたんだ。

信じられるか？　父さんは最初、花の茎《くき》を切ってそのまま植えようとしていた。さすがの俺も、それはないだろうとあきれたものだ。

その上、大の大人のくせに、虫嫌いときている。

『おぉ！　なんだ、この虫は！　き、気持ち悪いぞ！　おい、バルト！　お前、こいつをあっちにやってこい！』

今でも虫を見ると、そうやって嫌がる父さんの顔が目に浮かぶんだ。

『ふぅむ……。こうやると植物は育つのだな。あ、おい！　バルト！　無闇に草をむしってはならん！　かわいそうではないか！』

命の大切さも、父さんに教わった。父さんは、俺にとって先生でもあったんだ。

『お、もう大分慣れたな。儂《わし》も様《さま》になってきただろう？　いろいろな花を植えてきたからな。半分くらい、儂《わし》とバルトでやったんじゃないか？　すごいな、儂《わし》ら！』

そう言っていつも自信満々だった父さん。

『ここは、儂《わし》らの庭園だな！　儂《わし》らが作った儂《わし》らの庭園！　やったな、バルト！』

二人で作り上げた庭園は、俺の宝物だ。それは今でも。

だが、他人と共有できるものではないらしい。

どうしてそう思うのかって？

昔、ある令嬢に言われたんだ。

『こんな箱庭のような庭園を見せて、どういったおつもりですか？　私など、この庭を見せるくらいの価値しかないということですか!?』

彼女はそう言うと、怒って帰っていったよ。

この庭園の尊《とうと》さを他人と共有できないと知っても、俺はこの庭園を守っていきたかった。

父さんの思い出が詰まったこの庭園を、失いたくなかったんだ。

だから、俺は騎士団に入った。

この庭園を――庭園があるこの領地を、守りたかったから。

俺は、国ではなく……この庭園と思い出を守りたいだけなのかもしれない――

――バルトはひとしきり話し終えると、もう一度庭園を見た。

そして、カトリーナと目を合わせずに問いかける。彼の手には、少しだけ力が込められているようだ。

「……君は、この庭園をどう思う？　褒めろと言っているわけじゃない。率直な意見が聞きたい」

彼女は少し考え込む。

庭園に視線を向けつつ立ち上がると、全体を見回してから大きく息を吸った。

「ここを初めて見た時、どこか別の世界に迷い込んだのかと思いました。色とりどりで美しい……

王都でもこんな綺麗な庭園は見たことがありません。それに――」

「それに？」

「とても細やかに手入れされていることがわかりました。……端の花にまで愛情があふれているみたい。私はこの庭園が好きです。大好きです」

カトリーナが告げると、バルトはとっさに口元を片手で覆《おお》った。そして顔を背《そむ》け、くぐもった声を漏らす。

「たくさん話しましょう？　きっと、もっといろいろと話したいことがあるのではないですか？」

だんだんと抑えきれなくなってきたのだろう。

バルトは両手で顔を覆《おお》うと、嗚咽《おえつ》を漏らした。

座ったまま地面に突っ伏したバルトの頭を、カトリーナはそっと抱きしめる。

その胸の中で、バルトは静かに涙を流した。

この王国で一番恐れられている男は、庭園の真ん中で少年のように泣いていた。

◆

そんなバルトたちのことを、遠巻きに見ている者がいた。メイドのダシャだ。

「まったく。カトリーナ様の行動は本当に意味がわからないのです」

ぶつぶつとつぶやきながら、ダシャは頭を抱えた。その仕草は最近よくやるようになったもので、カトリーナのせいである。

そんなダシャだが、元々は男爵家の令嬢であった。

しかし、それほど力もなく政略結婚すら成立しない程度の貴族家。次女だということもあり、彼女は幼い頃からどこか高位の貴族の家に仕《つか》えようと思っていた。

幸運が重なり、今こうして公爵家で働けている。この幸運を手放さないようにと、ダシャはとても努力してきた。

そんなダシャを、ラフォン家の人々は好意的に受け入れている。彼女は十六歳なのだが、カトリーナより年下だとは思えないと言う人もいた。

執事長のプリーニオもダシャを高く評価し、カトリーナ専属のメイドにした。

しかしダシャですら、カトリーナを御《ぎょ》しきれない。

その時、ダシャの背後から誰かが近づいてきた。振り向くと、プリーニオがいた。

「どんな具合だ？」

「あ、執事長。どうやら和解されたようです。正直、どうしてこうなったのか、私にはわかりませんが」

「まあ、そうだろうな」

「私には理解できないお方です。目下《めした》の私にも横柄《おうへい》な態度をとりませんし、発想が突飛すぎます」

「まあ、少しばかり気さくすぎるきらいもあるがね。とはいえ、悪いところばかりじゃない。あそこまでご主人様にぶつかっていく令嬢を初めて見たよ。ここも変わってくれるといいんだが」

「変わる、ですか？」

その言葉の真意がわからず、ダシャは首をかしげた。

「ああ、そうだね。変わる必要があるのだよ。この屋敷は、大旦那様が亡くなってから、時が止まったようだ。新しい風を入れるのを嫌う今のご主人様の心そっくりさ。私は、カトリーナ様が新しい風を吹き入れてくれると思っていたのだけど……彼女は、さっそくやってくれたようだね。はかりごとをしてよかった」

プリーニオの視線の先には、バルトたちの姿があった。

「――もしかして、最初の日、庭園のあたりでカトリーナ様の視界から消えろとおっしゃったことですか？　大変だったんですからね、あの後。ご主人様も苛立《いらだ》っていらっしゃって、ほかのメイドが、怖くて仕方がなかったと愚痴《ぐち》ってきたんですよ」

「それは申し訳ないことをしたな。今度、茶菓子でも奮発するとしようか」

「まあ……それはそれで喜ぶと思いますけど」

お茶菓子くらいで許されると考えているプリーニオに、ダシャは釈然《しゃくぜん》としない思いを抱《いだ》く。しかし、それに釣られてしまう自分の浅はかさに、顔をしかめた。

すると、プリーニオはなぜか楽しそうに笑う。

「まあ、見てみなさい。私はうれしいよ。あんな表情のバルト様を見ることができてね」

「それは……まあ、私もびっくりしましたけど」

何度見ても、ダシャにはその光景が信じられなかった。

「……そうなんですね。お義父様《とうさま》はそんなに素晴らしい方だったんですね。ご自身も慣れていらっしゃらないのに、一緒に土いじりをやってくださるなんて」

「ああ。俺を本当の息子のように想ってくれた」

「お会いしたかった……いつかお墓参りに行っても？」

「……時期が来たらな」

「はい。楽しみにしています」

ダシャとプリーニオが見つめる先――庭園の脇にあるベンチには、カトリーナとバルトが並んでいる。仲睦《なかむつ》まじくとまではいかないが、会話のキャッチボールができていた。

「そういえば……バルト様はどの花が一番好きなんですか？　たくさんの種類のお花が植えられているから、聞いてもわからないかもしれないけど」

「俺は……そうだな。これだ」

「あら、カスミソウ？」

「ああ」

「とっても可愛らしい花ですよね」

「……ああ」

花の話をしている時、バルトは明らかに微笑んでいる。

ダシャはその表情を遠目で見て、呆けることしかできない。

整った顔立ちのバルトが柔らかく微笑んでいるのを見ると、改めてとんでもなく美形に仕《つか》えているのだと実感する。立場が違いすぎて、恋に落ちることはまったくないが。

そこで、ふとダシャがプリーニオを見ると、彼はなぜだか瞳を潤《うる》ませていた。

「大旦那様が亡くなってから、初めてだ――」

感極まったかのように、プリーニオの言葉がそこで途切れる。

それほどのことなのだと再認識して、ダシャは再び二人に視線を向けた。というよりも、カトリーナを見る。

「実は、すごい人なのかも」

そうつぶやき、ダシャはこっそりと二人を見守った。

彼らは、暗くなるまで言葉を交わし続けていた。

第三章　想いの形

カトリーナが公爵家に来てから、二週間が経った。

ここまでの進展具合を考えると、カトリーナとしては満足感がある。

彼女の日課が、徐々に出来上がってきていた。

まずは朝、日の出前に起き、畑で村人と農作業に勤《いそ》しむ。

そして、朝食を食べてから書斎に行く。領地や公爵家、バルトが所属する騎士団について、そして他国との戦争について学ぶのだ。王都から派遣されている代官と話すこともあった。

昼食を食べて、午後はいわゆる貴族の嗜《たしな》み——刺繍《ししゅう》や楽器の演奏を習う。カトリーナはそういったことがあまり得意ではないが、バルトに迷惑をかけてはならないと頑張っていた。

とはいえ気が向かなくて、バルトの訓練に顔を出すこともある。

そうこうしていると、訓練を終えたバルトが帰宅するので、一緒に夕食。あとは寝るだけだ。

自室でのゆったりタイムは、あえて触れなくてもいいだろう。

そんな様子で過ごしていたカトリーナだったが、最近ではまた一つ、日課が増えようとしていた。

朝の農作業を終えて屋敷に戻る途中、彼女はとある場所へ向かった。

「バルト様。おはようございます」

「ああ。もう、終わったのか？」

「ええ。バルト様はどう？」

「今は雑草を取り終わったところだ。これから水やりと……この花なんだが、もう時期が終わったから、一度取り除いて土を休ませようと思っている」

「じゃあ……お水が必要ね。私、汲《く》んできます」

カトリーナはやや砕けた口調でそう言うと、屋敷の脇にある井戸へ走る。その足取りは軽い。ちなみに口調は、バルトと距離を縮めるべく、意図的にフランクにしている。

それはそうと、増えようとしている日課とはまさにこれ。バルトと一緒に庭園の手入れをすることだった。

どこまでも土に縁があるカトリーナだったが、バルトも土いじりが好きである。共通の趣味とも言えるかもしれない。

彼は庭園では心を開きやすいようだし、カトリーナも話し、距離を詰めるにはふさわしい場所だ。

そのため、農作業が終わった後に時間が合えば、庭園の手入れを手伝うことにしているのだ。

今日もあの美しい庭園の手入れを手伝えると思うと、胸がはずんだ。カトリーナは思わずはしゃいで、子供のようにスキップをしながら井戸に到着する。

「ふぅ。やっぱり、水を汲《く》むのは結構大変よね。この家のメイドさん、あんな細腕でどうやってるんだろ」

そう言いながら、彼女は井戸に沈めた桶《おけ》に結ばれた縄を引っ張った。

活動的で家事の経験があるといってもただの貴族令嬢。メイドには敵《かな》わない。

カトリーナが息を切らしながら水を汲《く》んでいると、唐突に後ろから太い腕が伸びてきた。

「ひゃ!?」

「重いだろう。俺がやる」

突然現れたバルトは、カトリーナが持っていた縄をつかんだ。

その時、手が触れ合い、カトリーナは顔が熱くなった。きっと赤面しているのだろう。

それを隠すように、慌てて口を開く。

「バ、バルト様！　私がやりますよ！　やってもらったらお手伝いにならないから！」

「君は別のことをやればいい。俺は力がそれなりにあるからな。これくらいは重くない」

出会った頃に比べたら、バルトの表情は段違いに柔らかくなっている。

そんな横顔を見ながら、カトリーナは思わず笑みをこぼした。

(ここ数日は、あんな寂しい顔してないみたいね)

自分が見ていないだけかもしれないが、少なくとも今はいい表情だ。

少しでも支えになれているのかもしれないと思うと、カトリーナは胸が熱くなった。

そして、自然と湧き出る感謝の言葉を、しっかりと相手に伝える。

「水汲《く》み、代わってくれてありがとう！　本当にバルト様は力持ちね」

「う、うむ……」

バルトはさっと顔を背《そむ》けた。そんな彼に、カトリーナはふと質問する。

「そういえば、一区画を全部取り除くなんて、結構大掛かりね。訓練の時間までに終わるの？」

「少し難しいかもしれないが……少しずつでいいんだ。できるところまでやろう」

「そうね。じゃあ、今日もバルト様の訓練を見に行こうかしら。えっと、邪魔じゃ……ない？」

「ああ。部下にも気さくに話しかけてくれるから、君の評判はいい。ぜひ来てくれ」

「ええ」

二人は微笑み合うと、再び作業に戻った。


昼前、カトリーナはダシャとともに馬車で訓練場へ向かっていた。

普段ならば昼過ぎに行くのだが、今日はダシャからのすすめもあり、バルトと一緒に訓練場でお昼ご飯を食べることにしたのだ。そのためカトリーナは、少しうきうきしていた。

ちなみにバルトは、行くところがあるらしく、訓練場で合流することになっている。

「ねぇ、ダシャ。そういえば、今日のお弁当は何が入っているの？　もうお腹がすいたから楽しみで……」

「もうですか？　昼までしばらくありますよ？　欲しいと言っても、まだあげられませんからね」

「べ、別に欲しいなんて言ってないじゃない！　お腹がすいたって言っただけなんですけどー」

膨《ふく》れるカトリーナに、ダシャは冷めた様子で返した。

「どっちでもいいですけど。さぁ、ほら。もう着きますよ？　降りる準備をしてください」

「はいはい。わかりました。っていうか、ダシャって厳しいよね？　もう少し年上を敬《うやま》う心はないの？」

「でしたら、カトリーナ様が、自然と敬《うやま》われるような態度をとってほしいものですね」

「あ、はい、その……すいません」

簡単に言いくるめられたカトリーナは、居心地悪く思いながら馬車を降りると、訓練場のベンチへ向かった。

そこにはすでにバルトがいたが、何やら様子がおかしい。

副官の女性――カルラがバルトに詰め寄っているようだ。エミリオはその横で苦笑いを浮かべていた。

一方のバルトはたじたじで、両手を上げて降参しているような恰好である。

カトリーナとダシャはそこに近づくと、彼らの声に耳を傾けた。

「――だから、言っているじゃありませんか。カトリーナ様がいることで騎士に緩《ゆる》みが生じていると。来てもただ眺めているだけで何もせず、我《わ》が軍には不利益だと思います」

そんなカルラの声が聞こえて、カトリーナは思わず目を見張った。

「しかし、別に邪魔をしているわけではない」

「いいえ、邪魔です！　風紀が乱れます」

カルラがそう言い切ったところで、バルトがカトリーナたちに気づく。

カトリーナは波立つ内心を隠し、満面の笑みで声をかけた。

「ごきげんよう、バルト様、エミリオ様。そちらの方は――」

カトリーナの視線に気づき、カルラは騎士の礼をする。だが、表情は険《けわ》しい。

「私はバルト様の副官のカルラと申します。以後、お見知りおきを」

「改めまして、私はバルト様の婚約者で、カトリーナと申します。それで……何やら私の名前が聞こえましたけど、いかがされましたか？」

そう言うと、カトリーナはずかずかとバルトたちの間に入る。そして三者の表情をうかがった。

バルトは気まずそうで、顔は苦々しく歪《ゆが》められている。エミリオも、バルトに近い表情で、目を逸《そ》らしていた。

だが、カルラだけはカトリーナをまっすぐ睨《にら》みつけてくる。

その視線は、初めての訓練見学時と変わらない。いつ会っても、鋭《するど》さは健在だ。

カトリーナは訓練に来るたびにこの視線に曝《さら》されており、あまりいい気分はしていなかった。

どのような状況かなんとなく想像はついたが、とりあえず聞いてみようと問いかける。

「えっと、私が邪魔だと聞こえましたけど……そうなんでしょうか？　もし私が来ることで皆様を嫌な気持ちにさせているのでしたら、改めますが」

「いや、カトリーナ。そういうわけではない」

「そうそう。隊員もみんな、喜んでいてくれるからね。差し入れも、士気を高めるのに一役買ってくれているよ！」

バルトとエミリオは、気遣うように言葉を並べた。

「そうですか……。それが本当なら、邪魔と言われる理由がわかりません。どういうことでしょうか？」

カトリーナはカルラに向かって真正面から視線をぶつける。

当然、睨《にら》み合う形になるが、仕方がない。とりあえず直接話を聞いてみないことには、この状況を打開する道もないのだから。

ひとまずカルラの出方をうかがうと、彼女は苛立《いらだ》った様子で声を上げる。

「なぜ、私を見るのですか？」

「あら？　私に不満がありそうに見えたものですから」

カトリーナは微笑み、カルラは鋭《するど》い眼光のまま、睨《にら》み合う。

脇で見ているバルトとエミリオは、顔を引きつらせていた。

「いや、カトリーナ。これは騎士団の問題であってだな……」

「やめろよ、カルラ。カトリーナ嬢に当たっても、何も解決は……」

バルトたちがそれぞれなだめようと試《こころ》みるが、カトリーナとカルラは男たちを押しのけてさらに近づく。

「不満ならありますが、それをあなたに言う必要はありません」

「そう……バルト様にならば甘えて言えるけど、私には言えないということですね。だとしたら、騎士団の副官というのも大したことはありませんね。思ったことすら直接言えないのですから」

カトリーナの言葉に、カルラは激昂《げきこう》して詰め寄る。二人は額《ひたい》が触れそうなほどに近づいた。

「それは挑発ですか？」

「いいえ。思ったことを言っただけですけど、何か」

「そうですか。でしたら、一つ願いを聞き入れていただけるとうれしいのですが」

「なんでしょう？」

カルラは一歩下がると、すっと背筋を伸ばして騎士の礼をする。そして、自《みずか》らの剣の鞘《さや》を持って、柄《つか》をカトリーナに差し出した。

「あなたに決闘を申し込みます！」

カルラの動作は決闘を申し込む際のもの。カトリーナがその剣を引き抜けば、決闘は成立する。

突然の奇行に、バルトとエミリオは固まった。

しかしカトリーナは微笑み、その剣の柄《つか》を握りしめる。

「あら、面白い。貴族令嬢に決闘を申し込むのですか？」

「私にはこれしかできないですから。受けていただけますか？」

カトリーナは返事の代わりに、勢いよくその剣を引き抜いた。


決闘のため準備を始めたカトリーナに、ダシャとバルトが詰め寄る。

「カトリーナ様！　何を考えているのですか！　決闘など、子爵家の令嬢が……いえ、未来の公爵夫人がやるようなことではありません！」

「そうだ。カルラはああ見えて剣の腕もいい。手加減するとは思うが、もし怪我でもしたら……っ」

淡々と準備を進めているカトリーナは、苦笑した。

「ダシャ。いいじゃない。公爵夫人だなんだって細かいこと。それよりも、カルラ様の気持ちのほうが大事じゃない？　正直、貴族である私に決闘を申し込むなんて簡単な覚悟じゃできないだろうし。っていうか、バルト様……最初から私が負けるような口ぶりですけど、婚約者を信じてくださらないのですか？」

カトリーナは、恐れや不安をそれほど感じていなかった。

飄々《ひょうひょう》とした彼女に、バルトは訝《いぶか》しげな目を向ける。

「その……勝つ自信があるのか？」

「自信ですか？　そんなのありませんよ？」

「は？」

「だから、ありませんって。だって、バルト様の副官ってことは、相当な実力をお持ちなのですよね？　じゃあ、私なんかが敵《かな》うわけないじゃないですか」

「ならなんで――」

バルトは言葉を重ねようとしたが、なぜか口を閉じた。

カトリーナはすっと感情の蓋《ふた》を閉じると、一点を見つめる。

「私だって少し怒っているんです。来るたびに何も言わずに睨《にら》みつけ、今日はバルト様に向かって文句を言った彼女に。直接ものを言えないくらいの度胸しか持ち合わせていない人に勝負を挑まれて、引けるわけないじゃないですか。私にだって意地があるんですから」

バルトとダシャは、カトリーナを見つめて呆然としている。

あまり怒《いか》りを表に出すのは印象がよくない。カトリーナは深呼吸をすると、すぐに普段の笑みを作ってダシャに話しかける。

「そういえば、ダシャ。一つ用意してほしいものがあるんだけど……」

しばらくして、カトリーナは決闘の準備を終えた。

カルラを見ると、目が合う。まもなく決闘が始まろうとしていた。


決闘は、普段みんなが訓練をしている場所で行《おこな》われることになった。

当然、訓練を中止しているため、騎士団員はその決闘を見ることになる。

二百人近い男が円状に並ぶ中心に、カトリーナとカルラは立っていた。

「いいのですか？　やめるなら今のうちですよ」

先ほどよりも落ち着きを取り戻したカルラは、おもんぱかるように語りかけてくる。だが、カトリーナは取り合わない。

ただただ目の前の副官を見つめて、微笑むだけだ。

見物人に紛《まぎ》れて、バルトとダシャが心配そうにカトリーナたちを見つめている。

エミリオは立会人として二人の間に立ち、声をかけてきた。

「本当にやるんですか？　こんなこと、無意味だと思いますけどね」

するとカルラがキッと彼を睨《にら》む。

「いいえ、エミリオ。あれだけ馬鹿にされたままでは、騎士の名がすたります」

「そうですよ、エミリオ様。女の意地というものがあるんですから」

両側から同時に反論されたエミリオは、口をつぐんだ。

カトリーナは考える。

苛立《いらだ》ちのあまり勢い余って決闘を受けてしまったが、普通にやっては間違いなく負ける。

カルラよりも自分のほうが勝っていることはないかと考えても、勝機は見えなかった。

(私が勝ってるところって……土いじりのスキルと節約知識くらいかな)

自分自身のあまりのふがいなさに自嘲《じちょう》しつつ、作戦を練る。勝機をつかむためにはどうすればいいだろうか。

——考えた末に、カトリーナは口を開く。

「ねぇ、カルラ様」

「……なんでしょう」

「二つ、提案があるのだけど」

カルラは、そっけなく頷《うなず》く。それを了承と受け取り、カトリーナは言葉を続けた。

「まず一つ目です。勝負の方法を少し変えてもいいかしら?」

「勝負の、方法ですか?」

カルラは眉をひそめる。

「そう。訓練を受けたあなたと、受けていない私。これだけ聞くと勝負の行方《ゆくえ》は明らかでしょう?」

「……それで、どう変更するのですか？」

「簡単です。私は一度だけカルラ様に攻撃をして、カルラ様はそれを受ける。それを、受け止めることができたらカルラ様の勝ち、受け止められなかったら私の勝ち、というのはどうでしょうか？そうすれば私も怪我をしなくてすみますから」

さほどカトリーナに有利と思えない内容だからか、カルラは訝《いぶか》しげに首をかしげる。

「それだけでいいのですか？」

「ええ」

あくまで自信を崩さないカトリーナの様子を見て、カルラの目が鋭《するど》くなった。

怒るのも当然だ。素人《しろうと》の剣を受けるなど、騎士にとっては赤子の手をひねるようなものである。

「……戯言《たわごと》を」

そうつぶやくと、カルラは一歩前に進んだ。

二人が立会人のエミリオに視線を向けると、彼はその視線を受けて決闘開始前の口上を述べた。

「では、カトリーナ・リクライネンとカルラの決闘をここに宣言する。なお、立会人はこのエミリオ・エクスデーロが務め、私が審判を下す。これに否《いな》はあるか？」

「ありません」

カルラがそう答えた後、カトリーナも同じように「ありません」と告げる。

「では、はじめ！」

その合図と同時に、エミリオはその場から飛びのいた。

この決闘はあくまで、カトリーナの攻撃をカルラが受け止められるかどうかにかかっている。先制を競《きそ》うものではないため、互いに動こうとしない。

とはいえ、まったく動こうとしないカトリーナを見て、カルラは声をかけた。

「来ないのですか？　怖気《おじけ》づいてしまったのでしょうか」

「そんなことはないですが……提案の二つ目を、伝え忘れていました」

「……なんでしょう」

なぜ今ここで？　そう顔に出しながらも、カルラは律儀に質問に応対する。

「勝敗の景品を決めていなかったな、と思いまして。そこでですが……勝ったほうが相手の言うことを一つ聞く、というのはどうですか？」

「別にかまいません」

「よかった。なら――私が勝ったら、醜《みにく》い感情をぶつけることはやめてくださいね」

カトリーナの言葉に、カルラは顔をさっと赤く染めた。

怒《いか》りか羞恥《しゅうち》か。わからないが、その瞬間――カトリーナは手に持っていた砂をカルラに投げた。

突如《とつじょ》として白い煙が立ち込める。

砂が目に入ったカルラは、痛みで目を閉じた。

「砂ですか⁉　卑怯《ひきょう》な‼」

卑怯《ひきょう》な手段だが、視界を完全に封じているわけではない。

カルラはすぐさま剣を抜き、防御に備える。かろうじて薄目を開けて、しっかりとカトリーナの姿を捉《とら》えているようだった。そして、剣を地面と水平に構える。

「小細工など通用しません！」

そう叫ぶカルラは、自分の勝利を疑ってはいないようだった。

普通に考えれば、素人《しろうと》が振り下ろす剣を受け止めることなど簡単。視界が遮《さえぎ》られているとはいえ、単なる貴族令嬢に負けるとは到底思っていないのだろう。

だが、そうは問屋《とんや》が卸《おろ》さない。

カトリーナは、手に持っていた剣を放り投げると、腰に差していたもの——ダシャに持ってきてもらった例のものをつかみ、振り上げる。そして勢いよく振り下ろした。

「させるか！」

「えいっ!!」

渾身《こんしん》の力を込めた攻撃が、カルラの剣と交わったその瞬間。

甲高《かんだか》い金属音が響き、金属がはじけた。そして、カトリーナの攻撃を受け止めたカルラの剣が、真っ二つに折れる。

あまりの衝撃に、剣を構えていたカルラが吹き飛んだ。

「なっ——!?」

彼女は驚きと砂が目に入った痛みで、起き上がることもできない。

まもなくして涙で砂を洗い流すと、カルラはようやく事態をのみ込んだ。

「まさか……剣が折れてる……どうして」

カルラの剣は折られ、立っていることもできなかった。カトリーナの攻撃を受け止められなかったのだ。

呆然としているカルラに、カトリーナはそっと近づく。そして、静かに――だが厳しく告げた。

「あなたの負けです。カルラ様。約束はお守りくださいませ」

そして、エミリオの審判を待つまでもなく、バルトとダシャのもとに戻っていく。

カトリーナの後ろ姿を、カルラは呆然と見つめた。

そして、カトリーナの腰にあるものに気づき、目を見開く。なんと彼女は、剣だけではなく鍬《くわ》を持っていたのだった。

カトリーナは得意げに、バルトとダシャに帰還の報告をした。

「さぁ、どうです？　私の勝ちです」

ダシャはいつも通りの破天荒さに頭を抱え、バルトは呆然としていた。

「私、剣なんて振れないですからね。でも、鍬《くわ》ならたくさん振ってきたし、あの細い剣なら折れるかなと思ったんですよ」

「本当に鍬《くわ》を使うなんて……」

「騎士団にも鍬《くわ》が置いてあってよかったわ。鍬《くわ》がなければ負けてたから。ダシャ、探してきてくれてありがとう」

バルトはようやく我に返り、口を開く。

「それにしても……その鍬《くわ》さばきはすさまじかった。あれでは、並《な》みの兵士は反応できないし、カルラの細剣では受け止められない」

「畑仕事が役に立ったわね」

カトリーナはそう言って笑った。

まあ、勢いで受けた決闘だ。

最初からまっとうに勝負をするつもりなどなかったし、したくもなかった。

卑怯《ひきょう》だと言われるかもしれないが、剣を折ってしまえば、相手はぐうの音《ね》も出ない。

カトリーナの思惑《おもわく》通り、カルラはいまだ動けないようだ。

正真正銘《しょうしんしょうめい》、カトリーナの勝ちである。

(これで、少しは大人しくなってくれるとありがたいんだけどね)

そのつぶやきは、彼女の胸の内だけに落ちていく。

カトリーナとダシャは、妙な雰囲気になってしまった騎士団を後にしたのだった。

◆

カトリーナが去った後、とりあえずエミリオは、訓練再開を指示した。

そして、まだ呆然とするカルラの肩に、そっと手を置く。

「ほら。とりあえずそこからどいたほうがいいんじゃないか？　部下たちも見ている」

「……すか」

「ん？」

「なんなんですか。あの令嬢は」

カルラは焦点の合わない目で、つらつらと言葉を続ける。

「どうして私の剣が!?　それに砂を投げつけるとか、この上なく卑怯《ひきょう》じゃないですか！」

「そうだな……だが、『砂を投げてはいけない』とは決めていなかった」

「そんなの！　騎士の決闘では常識――」

「あの方は騎士じゃない。貴族令嬢で、近いうちに団長の妻になる人だ」

エミリオの言葉に、カルラは言葉を失った。

――わかっているのだ。自分がどれだけ無茶なことを言っているか、自覚はある。

挑発されたことで怒《いか》りを覚え、とっさに決闘を申し込んでいた。まさか彼女が受けるとは思っていなかったのだ。

決闘を受けることすらできないカトリーナを罵倒《ばとう》して、自分の中にある整理できない気持ちをすっきりさせたかった。

だが、実際彼女は決闘を受けただけでなく、見事勝利してみせた。

エミリオの言う通り、カトリーナはルールを守っている。そんなことはわかっている。しかし――

「認めない。あの方が団長の妻になるなんて、絶対に認めない!!」

カルラはそう叫ぶと、ゆっくり立ち上がり、訓練所の建物に向かった。

すると二人になったエミリオに、バルトが近づいてきた。エミリオは大げさに肩を竦《すく》める。

「どうするんですか、収拾つきます？」

「わからん。まさか、俺もカルラが負けるとは思っていなかった」

「っていうか、団長の婚約者様は何者ですか。鍬《くわ》で剣を折るとか、普通無理ですよ？」

「ああ。普通じゃないからな。俺に喧嘩を売ってくるような女だぞ？」

「うぇ!?　それは、カルラじゃ太刀打《たちう》ちできないわけだ」

どこかわかった風で、まったく事態をのみ込めていない二人の男は、微妙な表情を浮かべたまま訓練に戻った。

カルラはその日、訓練所に帰らなかった。

◆

次の日。

カトリーナが朝起きると、なぜだか二の腕が痛くて起き上がれなかった。

悶《もだ》えながらなんとか起きたが、手を握るのもつらい。不思議に思いながら体を動かしていると、ようやくその理由に思い至った。

「筋肉痛とか……」

普段使わない筋肉を使ったせいか、決闘による筋肉痛になったらしい。

幸先のよくない目覚めに気分が滅入《めい》る。空を見ると、どんよりと曇《くも》っていた。

「おはようございます。大丈夫ですか？　何やらいつも通り変な顔をしていますが」

「ねぇ、今いつも通りって言った？　……おはよう」

専属メイドであるダシャの挨拶《あいさつ》に、カトリーナは低い声で答えた。そしてのそのそと支度を始める。

ダシャはそれをさりげなく手伝いながら、尋ねてきた。

「もう約束の時間ですけど、いいのですか？」

「へ？　約束？　何かあったっけ？」

「忘れたのですか？　今日はバルト様の訓練が休みなのでしょう？　朝から庭園の手入れをやって今日中に終わらせると、昨日話していたじゃないですか」

「そうだった！　やばい！」

カトリーナはすさまじい速さで支度を終えると、すぐさま部屋を飛び出る。

階段を駆け下り、すれ違う使用人たちに挨拶《あいさつ》した。

「おはよう！　おはよう！」

笑顔で応《こた》える使用人の横を風のように通りすぎ、たどり着いたのは庭園だ。

そこでは、すでにバルトがしゃがみ込んで作業を始めていた。

当然、畑仕事はとっくに終わっている。村人たちも、手伝いを気まぐれに休むことがあるカトリーナを気にもせず、それぞれの家に帰っていることだろう。

「バルト様！　遅くなりました！」

その声にゆっくり振り向いたバルトは、額《ひたい》を腕で拭《ぬぐ》っている。

「ああ、今始めたところだ」

「私も手伝いますね」

カトリーナは素早く作業を手伝いはじめた。

今日も昨日と同じ。庭園の一画の花を抜き去り、土を休ませることが目標だ。

昨日すでに花を抜いたので、今度は肥料を混ぜつつ土を耕《たがや》す。

当然、鍬《くわ》を使うことになるが、昨日のことでカトリーナの腕は重い。

なんとか意地で土を掘り起こしていると、バルトがぽつりと言葉を発した。

「今日はすまない。大変な作業を手伝わせてしまうな」

「いえ。それにしても、休みの日にも、庭園のお手入れをするなんて――バルト様はやっぱり、とてもこの庭園が好きなんですね」

彼女が思ったことを率直に伝えると、バルトは微笑んでくれる。

といっても、『贔屓目《ひいき》に見て、微笑んでいるかもしれない？』という程度の変化なのだが、カトリーナはその表情を向けられると直視できない。

彼の顔立ちが整っているので、目が合うと照れてしまうのだ。

「そういえば――」

その時、ふと何かを思い出したかのように、バルトが口を開いた。

「休みといっても、後でエミリオとカルラが屋敷に来て、打ち合わせをする。短時間で終わる予定だが、そのつもりでいてくれ」

「そうですか……わかりました」

「……だが、その、大丈夫か？」

バルトの気遣う言葉に、カトリーナはああ、と手を打った。

「昨日のこと？　あんなの、私は気にしていませんよ。勝っちゃいましたしね。カルラ様がどう出るかはわからないので、不安ですけど」

「うちの部下がすまなかった」

「いいえ。思ったより楽しかったですよ？　まあ、筋肉痛はちょっとしんどいかな」

カトリーナは冗談めかしてそう伝えた。

バルトはどこか浮かない表情を浮かべる。

――このような感じで、二人は自然とコミュニケーションをとれるようになってきた。

今までバルトが公爵家でまともに人と話すことはなかったので、使用人たちはひそかに見守っていると、ダシャから聞いた。バルトはきっと知らないだろうが。

古参の使用人からすると、小さな頃から見守ってきた心を閉ざした少年が、人と関わることができているのだ。それだけで涙ものらしい。

それはさておき、二人が庭園の世話をしていると、プリーニオが声をかけてきた。

「ご主人様。お客様でございます」

その言葉に反応したバルトは、どちらかというとカトリーナと出会った頃のような硬い雰囲気だ。

「ん？　エミリオとカルラか？」

「その通りでございます。お連れしてよろしいですか？」

「……かまわん、通せ」

庭園に呼ぶとは意外だったが、しばらくしてエミリオとカルラが現れた。

二人は、バルトとカトリーナが並んでいる姿を見て、正反対の反応をする。

エミリオは楽しげな笑みを浮かべ、カルラは鋭《するど》い視線でカトリーナを射貫《いぬ》いてきた。

それを見て、カトリーナは静かにため息をつく。

「早かったな」

バルトが声をかけると、二人は深々と頭を下げる。

カトリーナはそれに応《こた》えるように、自分も頭を下げた。

「団長、ちょっと早すぎました？」

「別にかまわない。だが、まだ作業が終わっていないんだ。ここでいいか？」

「庭園の脇で騎士団についての相談とは、なかなか赴《おもむ》きがありますね」

エミリオはからかうように言うと、庭園にあるテーブルについた。カルラも彼の隣に座る。

カトリーナは迷ったが、バルトが目で促《うなが》してくれたので彼の隣に座った。

「すみませんね、カトリーナ嬢。ちょっと団長を借りますね」

「いいんです。仕事は大事ですから」

「そう言っていただけると……って、ほら。挨拶《あいさつ》すんだろ？」

エミリオが促《うなが》すと、横でややうつむいていたカルラが、そっぽを向いた。

「おい！　カルラ！」

エミリオはたしなめるように言ったが、カトリーナはそれを制した。

「いいんですよ。整理しきれないこともあるでしょうし。今はお仕事の話をされてはどうですか？」

「いや、ほんと、申し訳ない」

「いえいえ」

そう言ってカトリーナとエミリオは互いに頭を下げ合う。

「じゃあ、さくっと終わらせてしまいましょう、団長」

「む……まあ、そうだな。カトリーナ、少し待っていてくれ」

そう言うと、バルトと部下たちは、仕事の話を始めた。

騎士団の現状や予算繰《ぐ》り、他国の状況や国境付近の警備状況など、知らない話ばかりだ。

カトリーナは、それらを新鮮な気持ちで聞く。

だが、その中に聞き流せない事柄があった。

「ちょっと、よろしいですか？」

突然口を挟んだカトリーナに、三人は訝《いぶか》しげな視線を向けた。

だが、彼女はそれに臆《おく》することなく、口を開く。

「バルト様……もしかして戦争に行かれるんですか？」

唐突に、紛争という言葉が会話に出てきたのだ。

しかもそれを治めに行くという話のようなので、バルトが戦いに赴《おもむ》くということになる。

近頃のバルトは屋敷にいて花を愛《め》でているが、本来は辺境の騎士団の団長である。

敵国との領土の奪い合いは今もなお続いており、そこにバルトの騎士団が呼ばれれば、当然彼も戦闘に出るだろう。その際、バルトが怪我をし、場合によっては死に至る可能性を考え、すっと血の気が引いた。

そんなカトリーナの様子を見て、カルラは軽く鼻で笑う。エミリオはたしなめるように、カルラを肘で小突《こづ》いた。

バルトはカトリーナを見つめ、質問に答える。

「そうだ」

「そんな……。でもすぐ……じゃないのよね？」

「まあ、な」

その言葉の少ないやりとりを見かねたのか、エミリオが助け船を出す。

「まだ戦場に出ると決まったわけではないのですが、その兆《きざ》しがあるんです。それで今日は集まったんですよ、カトリーナ嬢」

「兆《きざ》し……ですか」

「はい。隣国で王の後継を決める争《あらそ》いが佳境を迎えていましてね。隣国の頭の悪い貴族たちは、自分たちが支持する後継者候補の立場を上げようと、我《わ》が国を狙ってきてもおかしくないのです」

「でも、そんなのって……」

「功績を上げれば、それだけ王の座に近づきますから」

カトリーナはうつむいてしまった。

あまりに突然のことで気持ちに整理がつかない。

そもそも、なぜこんなにも自分の気持ちが沈むのかも、カトリーナには理解ができない。

胸が重苦しく、どんよりとした雲がかぶさったかのようだ。

「カトリーナ様はお優しいのですね」

そうつぶやいたのは、カルラだ。

みんなの視線が彼女に集まる。それを確認して、彼女はさらに言葉を続けた。

「カトリーナ様は軍人ではありません。子爵令嬢ですから、本来であれば戦いの話など縁のないもの。団長が戦場に行く話を聞くことさえ怖いと思うのは当然です」

カトリーナの気持ちを受け止める言葉だ。先日の振る舞いを考えると、信じられないものである。

だが、次の瞬間、カルラは嘲《あざけ》るようにカトリーナを見た。

「しかし、今後、バルト様と戦場とは切り離せないことになります。もしその負担に耐《た》えきれないようでしたら、そうですね……婚約を取りやめて王都に戻ったらどうですか？」

カトリーナは呆然とした表情でカルラを見た。

バルトとエミリオも驚愕《きょうがく》の表情を浮かべる。

そして、エミリオが慌てて口を出した。

「ちょ、待てって。お前、何言ってんだ⁉」

「このようなことで動揺するなら、団長の妻など務まらないでしょう」

「わかってんのか？　カトリーナ嬢は国王陛下の命令で、ここに来たんだぞ？　それを反故《ほご》にさせようとするなんて、どれだけ不敬か……！」

もっともな指摘に、カルラはどこか不貞腐《ふてくさ》れたように顔を背《そむ》けた。

エミリオは焦った様子で髪をかき上げると、頭を下げる。

「カトリーナ嬢、それに団長。こいつには後できつく言っておくんで、勘弁してくれませんか？　この通り」

カトリーナは慌てて両手を前に出し、なだめた。

「い、いえ！　大丈夫ですから！　エミリオ様がそのようなことをする必要はありません」

「いや、これ、まじで首切り事案ですからね。本当に申し訳ない！」

なおも頭を下げるエミリオに、カトリーナはむしろ申し訳ない気持ちでいっぱいになった。

そして、同時に思う。なぜ、エミリオが謝っているのだろうと。

失言をした当の本人はというと、明後日《あさって》の方向を見て、ぶすっとしている。

どうしたものかと困るカトリーナの代わりに、バルトが口を開いた。

「どうした、カルラ。いつも冷静なお前らしくもない」

淡々とした、それでいてどこか重苦しい言葉を、彼は投げかける。

だが、カルラは唇をきゅっとすぼめるだけで、答えない。

「お前も知っている通り、この婚約は陛下に取り持たれたもので、勅命《ちょくめい》に近い。それを今さら覆《くつがえ》すことなどできないし、もしできる者がいるとしたら俺くらいのものだろう」

バルトは元王族で、公爵家当主である。婚約を取りやめるだけの力を持つ。

一方、カトリーナにもカルラにも、その選択肢はない。

それをわかっているのか、カルラは勢いよくバルトに視線を向けると、身を乗り出して叫ぶ。

「でしたらっ！　バルト様がこの婚約を破棄なされればいいではないですか！」

「なぜだ」

「なぜって――それは、その……」

バルトの問いかけにカルラの勢いは一気にしぼんでいく。

そのやりとりを見て、カトリーナはようやく、カルラの態度の理由がわかった。

(カルラ様は……バルト様のことを、好きなのね)

なぜだか胸が締めつけられ、カトリーナは胸元に手を当てる。

ひどいことを言われたのに、憎《にく》しみよりも切ない感情が湧き上がってきた。

カトリーナは、そのまま二人のやりとりを眺めることしかできない。

「理由を言わないと俺もわからない。それに、お前は理由もなくこんなことを言う人間じゃないと、俺は知っている。何かあるのなら話すといい」

バルトはあくまで淡々と言葉を重ねていく。

その視線はじっとカルラを捉《とら》えており、本当に彼女のことを知ろうとしているとわかる。

――カトリーナとエミリオは、そろって顔を手で覆《おお》った。

カトリーナの心の言葉はバルトに届くはずもなく、カルラは泣きそうな表情を浮かべる。そして詰《なじ》るように言った。

「い、今までだって、どんなご令嬢が来ても婚約などなさらなかったじゃないですか！　それがどうしてこの人とは！」

「婚約しなかったのではない。婚約したが、皆が俺のもとから去っていったのだ」

「そんな方々など！　団長のよさを知らないだけです！」

「ああ……だが、彼女はここにいる。俺を理解しようと、わかり合おうと努力してくれている。誰からも恐れられる俺と……」

「そんなの――きっと公爵家の立場とかお金とか、そんなのが目当てに決まってますよ！　だから、こんな婚約やめて、私と――」

勢い余ったのだろう。『私と』と言いかけたカルラは、真っ赤になりその場から逃げ出した。

バルトは突然の行動に呆気にとられ、遠ざかる彼女をただ見つめている。

エミリオは大変疲れた様子で、ぐったりと椅子に体を預けた。

カトリーナだって、カルラを追いかけることなどできない。

しばらく呆然としていたが、バルトは我に返ると、すぐにカトリーナに声をかけた。

「うちの副官が申し訳ないことを言った。私からも後で言っておく」

思いがけない謝罪の言葉に、カトリーナは笑みをこぼす。

「いえ。バルト様が悪いわけではありませんし、カルラ様も悪気があったわけではないでしょう……。気持ちはわかりますから」

「……気持ちがわかるのか？」

バルトは心底不思議そうに首をかしげる。

「はい。そこで、提案なのですが、お二人はここで待っていていただけないでしょうか？　私、カルラ様と二人で話してきます」

「君と、カルラが？」

「はい。お時間は取らせませんから。では、失礼します、バルト様、エミリオ様」

そう言って、カトリーナはカルラが走り去っていったほうへ歩く。

残された男二人の視線を、背中に感じながら。


カトリーナはカルラが走り去った方向――畑の向こう側に向かった。

すると、ほどなくして木の陰にうずくまっているカルラを見つける。カトリーナはそっと近づくと、優しく声をかけた。

「バルト様、心配していましたよ」

カルラはピクリと体を震わせたが、顔を上げずうつむいたままだ。その体は不思議と、とても小さく見える。

カトリーナは小さく息を吐いた。

「はぁ……そうやって不貞腐《ふてくさ》れても仕方がないでしょう。このままあなたの想い人を心配させるのが本意なのですか？　違うでしょう？」

カトリーナは、よそ行きの仮面を少しだけ外し、やや砕けた口調で問いかける。

するとカルラは、ばっと顔を上げてカトリーナを睨《にら》みつけた。

「元はといえばあなたが――!!」

「私が、なんですか？　私は陛下のご命令でここにいるのです。あなたの言う通り、実家への資金援助を目的に」

「やっぱり！　どうせそんなことだろうと思いました！」

カルラは勢いづいて立ち上がる。

二人は、互いに視線をぶつけ合った。今にも殴りかかりそうな勢いで顔を近づけていく。

「バルト様に近づく令嬢はみんなそう！　暗黒の騎士という二つ名に恐れおののき、あの方の本当の姿を見ようともしない！　公爵家という立場に恋をして、お金目当てですり寄る！　結局あなたもそうなんでしょう!?　だったら早く団長との婚約を破棄して、どこかに行って！」

これは暴言以外の何物でもない。貴族令嬢相手に、本来許されないものだ。

カトリーナはそれを理解しつつ、淡々と返答する。

「どうして？」

「どうしてですって⁉　本当の団長を知りもしない人が、彼の隣にいるのが我慢ならないのです！　それだけです！」

「そう……では、バルト様の本当の姿とは、どんなものなのでしょうか？」

カトリーナの問いかけに、カルラはすぐに応じる。

「そんなもの……言葉で語りつくせるものじゃありません。戦場でのあの方の背中を見たことがない方には、決して理解できないでしょう」

「戦場のお姿ですか。確かに私は見たことがないです。とても凛々《りり》しいのでしょうね」

「当たり前です。すべてを守ろうとするあの方の戦いは、どこか破滅的ですが……。だからこそ、私たち部下はあの方を守ろうと必死になるのです。戦いの中でつながっているとわかります。あの方はとても強い。……ですから、貴族のご令嬢のように戦いに身を置かない方には、本当のあの方のことなんてわかるはずないんです！」

カトリーナは、カルラの目をじっと見つめた。

彼女の濁《にご》りのない瞳は、自分の主張への妄信が見えた。

前世と今との記憶を併《あわ》せ持ったカトリーナには、まぶしすぎる。二つの人生を生きてきた彼女は、いい意味でも悪い意味でも、多くの醜《みにく》さと交わってきたから。

だからこそ、自分の持つ目線だけが唯一と考えるカルラに、カトリーナは苛立《いらだ》ちながらも少しだけうらやましさを感じる。

「そう……では、聞き方を変えるわね。あなたはバルト様のなんなのですか？　なんの権利があって、そのような暴言を？」

「わ、私はバルト様の副官です！　この命、バルト様のためなら捨てても惜しくない！」

「そうですか。つまり、あなたは『自分がこれほどまでに想っているのだから、バルト様に何者も寄せつけず一人でいてほしい』と言いたいの？」

「そんなこと――」

「あるでしょう？　現に、バルト様に近づく令嬢はすべて憎《にく》いみたいだし。かといって、あなたはバルト様の副官という立場を変えるつもりはない。では、バルト様は誰に心を委《ゆだ》ねればいいのでしょう？　それを考えたことはありますか？」

「それは、私が……」

カルラの言葉に、カトリーナは思わず失笑してしまう。

カルラは、馬鹿にされた空気を感じ取ったのか、顔を赤らめた。

「あなたが言いたいことはわかりました。……つまり『バルト様の本当の姿は自分たちしか知らない。本当のバルト様を知らない人には近づいてほしくないし、むしろ自分がそばにいて支えてあげたい』。あなたは、バルト様が本当に好きなのですね」

「そ、そうですよ！　それがわかったらさっさと婚約を破棄してください！」

カトリーナは、小さく嘆息する。そして次の瞬間――表情を消した。

「くだらない」

絶対零度の瞳で、カトリーナはカルラを真正面から見つめる。

「な……」

「くだらないと言ったのです。あなたが見てきたバルト様の素晴らしさ、あなたが純粋にバルト様を想う気持ち、そのどれもがくだらない」

「一体何を――」

カトリーナの雰囲気に気圧《けお》され、カルラは言葉に詰まってしまう。

「あなたは考えたことがありますか？　バルト様が結婚なさらない不利益を」

「結婚しない……不利益？」

ピンとこない様子のカルラに、カトリーナは瞑目《めいもく》する。

苛立《いらだ》ちをため息で吐き出しながら、ゆっくりと諭《さと》すように話していく。

「公爵家の当主たるバルト様が結婚しないということは、ほかの貴族からすると、ありえません。それは、貴族の当主の重要な役割である跡継ぎを作ることを放棄しているからです。その役目を放棄しているバルト様は、貴族社会では侮《あなど》られることでしょう。いくらバルト様が一騎当千《いっきとうせん》の働きを見せたとしても、それは公爵としてではなく、あくまで一人の軍人としての評価です」

「け、けれど、軍人として評価されれば十分では――」

「そうなると、バルト様は個人と存在していればいい。公爵である必要はないということになり、遠からず当主は誰かにとって代わられてしまうでしょう。それくらいのこと、貴族ならばやりますよ。先代の公爵閣下を慕《した》うバルト様からすると、絶対に避けたいことでしょうが」

言葉を失ったカルラに、カトリーナはさらに畳《たた》みかけていく。

「そこで現れたのが、私です。元婚約者から婚約を破棄され、金銭的にも困窮《こんきゅう》しているリクライネン家であれば、この婚約にしがみつく。当然この縁談を断れない立場であるという以上に、必死に向き合うことだろうと、陛下は思われたのでしょう。爵位が高くないのも重要だったと思われます。あまりにも高位の貴族と結びついてしまうと、貴族同士の力関係のバランスが崩れてしまう。それを保つためにも、私はおあつらえ向きな女性だったのです。つまり、私にとってもバルト様にとっても、この婚約に利点があります。それを理解してなお、私にここを去れと言うのですか？」

まさか、婚約を破棄することがバルトの不利益になるとは、思っていなかったのだろう。

カルラは口をつぐみ、うつむいた。

しかしカトリーナの腹の虫は、まだ治まらない。

「そしてあなたは、戦場に本当のバルト様の姿があると言いましたね。ですが、それは本当ですか？　エミリオ様は言っていました。バルト様は戦争がお嫌いなのだと。彼は人の命を奪うことに心を痛めていると、あなたは知っていましたか？　あなたが頼りにしていた姿が、もしかしたら涙を隠すための仮初《かりそ》めかもしれないと、思ったことはありますか？」

「う、嘘よ！　そんなことありえ――」

「バルト様はとても花がお好きなのです。花を見る時は優しい目をなさいます。実は少し甘めの紅茶が好きとか、夜は起きていられずに早く寝てしまうとか、実は子供っぽいところもあります。土いじりをしながら虫と戯《たわむ》れたり、先代から教えてもらったという草笛を鳴らしてみたり――そんなバルト様を、あなたは知っていましたか？」

カトリーナの問いかけに、カルラは答えられない。

当然だ。

カルラは戦っているバルトしか知らない。戦いの中にいる彼しか見てきていないのだろう。

それ以外の時、彼に目が向くこともなかったし、接する機会もなかったのだ。

カトリーナはカルラの視野の狭さを突きつけた上で、話を続けた。

「戦場でのバルト様や屋敷でのバルト様、どちらが本当の姿かなんて、言い争《あらそ》う必要はまったくないの。どちらも本当のバルト様で、どちらの彼も私は知りたい。あえて言うならば、自分だけが見ているバルト様が本当の姿だと思うことが、どれだけ視野が狭く幼稚なのか——それを知ってもらえれば十分です」

カトリーナはくるりと踵《きびす》を返すと、背中越しに続ける。

「あなたは、その狭い視野と幼稚な考えで、バルト様を決めつけていた。さらには自分の想いを優先させ、バルト様に不利益を生み出そうとまでした。私があなたを追いかけてきたのは、慰《なぐさ》めるためではありません。そんなあなたが副官であると、バルト様がいつか危険に曝《さら》されてしまうのではと心配し、それを伝えにまいりました。もしも、思うところがあるのでしたら、さっさとその幼い言動を改め、バルト様に謝罪してください。そして本当に彼にとって益になるような、副官を目指していただけると幸いです」

そして立ち去ろうとしたが——カトリーナはカルラを振り向くと、もう一言付け加える。

「それと……私がここにいることがお金だけが目当てだと決めつけられるのは心外です。あなたに私の何がわかるというのですか?」

カトリーナは前に向き直ると、足を進めた。

少しだけ言葉がきつくなった気もするが、言ってしまったものは仕方ない。

何かが地面に崩れる音もすすり泣くような声も気にせず、その場から立ち去った。


カトリーナが庭園に戻ると、バルトは苦い表情を浮かべていた。

そしてエミリオが、勢いよく頭を下げる。

「カトリーナ嬢。先ほどは本当に申し訳ありませんでした。どうかカルラの暴言をお許しください」

突然のことにカトリーナは驚いた。だが、彼は頭を下げ続ける。

「本来なら、あのような言動は、許されるものではありません。しかし、どうか寛大《かんだい》な処置をお願いしたく――」

「ちょ! ちょっと待ってください! エミリオ様! とりあえず、頭を上げていただけませんか?」

カトリーナが慌てて諭《さと》すものの、エミリオは頭を上げない。

「いえ。カトリーナ嬢の沙汰《さた》を聞くまでは、どうかこのまま」

決して動こうとしないエミリオに、バルトは渋い顔になる。

カトリーナが助けを求めるように視線を向けると、彼は口を開いた。

「確かに、エミリオの言う通りだ。カルラは平民であり、貴族への中傷は訴《うった》えられれば罪となる。まあ、訴《うった》えられればだが……」

その言葉を聞いて、カトリーナは悟《さと》る。

(私の判断次第ってことね)

やや面倒な状況になり、カトリーナは苦笑いを浮かべると、できる限り優しい口調でエミリオに伝えた。

「私は特に処罰は必要だとは思っていません。バルト様はどうですか？」

「む……君さえよければ、特には」

「なら、決まりですね。エミリオ様。とにかく今後、あのようなことがなければ、私は気にしませんから。顔を上げてくださいませ」

「は、寛大《かんだい》な処置、ありがとうございます」

そこでようやくエミリオは顔を上げた。しかし、笑みを浮かべるカトリーナを見て、なぜか唾《つば》をのんだ。

「ですが、女同士の話をしてきたばかりです。彼女も落ち込んでいるでしょうから……エミリオ様にカルラ様をお願いしてもよろしいですか？」

「は、はい……」

エミリオは口ごもりながらも頷《うなず》く。

「もし、二度も同じようなことを繰り返すのでしたら——その時はもう知りませんからね」

そこまで言うと、カトリーナはようやくすっきりする。

それを見たエミリオも、なぜだかほっと息を吐いた。

「なんだよ……この迫力は……」

彼は何事かをつぶやくと、慌てた様子で席を立ち、カルラがいる方向へ走っていった。

「うまくフォローしておいてくれるといいんだけど」

カトリーナは祈りながら彼の背中を見送る。

振り返ると、なぜかバルトは驚いた表情でカトリーナを見てくる。

「どうされました？」

「い、いや。す、すまなかったな。あいつが迷惑をかけた」

「いえいえ。ですが彼女は、剣以外の戦う術《すべ》も、覚えたほうがいいかもしれませんね？　今後、バルト様の副官として必要になると思いますから」

「そうだな……俺もそういったことはエミリオに任せっきりだから、失念していた。カルラも魔法に関しては優秀なのだがな……」

「あら、カルラ様は魔法も使えるのですね。お若いですから、これからより一層の活躍が期待できますよ」

「ああ。今回は本当に、迷惑をかけてすまなかった」

「いえいえ。貸し一つですね」

カトリーナは冗談めかして、バルトの謝罪を受け取った。

すると彼も、わずかに笑みを浮かべる。

そのタイミングで、ダシャがお茶を持ってきてくれた。二人は和《なご》やかな雰囲気で、それに手をつける。

「あ、そういえばバルト様」

「なんだ？」

「あ、もし打ち合わせというものが終わったのでしたら、お茶の後に再開しませんか？」

「ん？」

「庭園の手入れです。まだ、全部綺麗にしていませんから」

「ああ、そうだな。やるとするか。それにしても……君は、優しいだけではないのだな」

「そうですか？　優しさだけが取《と》り柄《え》だと自分では思っていますよ」

カトリーナがおどけてそう返すと、バルトはまた小さく微笑むのだった。


――しかしカトリーナは、笑みを作りながらも葛藤《かっとう》を抱えていた。

カルラに大口を叩いたが、本当にあのようなことを言う資格が、自分にあったのだろうかと。

自分にだって視野の狭さや幼い部分は当然あるのだ。

その証拠に、今は自分の感情がわからない。

カルラと別れたカトリーナは、なぜだか苛《いら》ついている自分に驚いた。

最初は単にカルラの考えなしなところに苛立《いらだ》ったのだと思っていた。しかし、去り際に思わず口から出た言葉からすると、それだけではなさそうだ。

（……お金目当てだけじゃない私の気持ちって、なんだろう）

その答えはすぐには出てこない。

しかし、最初の頃とは異なり、バルトと関われば関わるほど彼の魅力《みりょく》に気づく。彼と一緒にいることは楽しいし、彼のことを知るたびに、温かい気持ちになる。

だからこそ、お金目当てと決めつけられることは我慢ならなかったのだ。当然、この結婚にはその意味もあるのに。

（自分の感情でさえはっきりしないにもかかわらず、カルラ様に説教したなんて……）

少しばかり自己嫌悪に陥《おちい》るカトリーナだった。

まあ、カルラに物申したのはすっきりしたのだけれど。

そんなことを考えながら作業を終える。少しばかりの休憩と夕食を終えた後、ぼんやりと外を散歩していた。

普通ならば、令嬢が一人で夜に散歩するということは考えられないのだが、ここなら許される。公爵家の敷地内だし、辺境で比較的治安がいいからだ。

彼女は庭園の目の前で、月を見上げる。月の光は柔らかで、カトリーナをそっと照らしていた。

「あら……。誰か――」

月を見上げながらゆっくり歩いていると、広場にバルトがいるのが見えた。

彼は月明かりの下で剣を振っている。月夜に暗く浮かび上がったその姿を、カトリーナはぼんやりと見つめた。

一心不乱に剣を振るうその様子は、ひどく滑《なめ》らかだ。バルトの荒々しい表情からは想像もできないほど、しなやかな動き。その一挙手一投足《いっきょしゅいっとうそく》に見惚《みと》れてしまった。

しばらく見つめていると、バルトはカトリーナに気づき、視線を向けてくる。

そして荒い呼吸のまま、こちらに近づいてきた。

「どうしたんだ、こんな時間に」

汗を拭《ぬぐ》いながら剣を下ろすバルト。

カトリーナはひそかに見ていたことがバレて、恥ずかしくなる。

「いつもこうやって訓練しているの？」

すると、バルトは自嘲《じちょう》がにじんだ笑みをこぼす。

「習慣でな。毎日やらないと眠れないんだ」

そう言いながら、バルトは剣の感触を確かめるように何度か持ち手を握り直す。

「そんなに強いのに」

カトリーナが言うと、バルトは苦笑いを浮かべる。

「強くない。ただ、怖いんだ。戦うたびに、何かを失うのが怖い。だから、こうして剣を振るわないと、振るっていないと、何か失ってしまいそうで耐《た》えられない。大事なこの場所や、皆を守れないと思うと、いてもたってもいられないのだ」

バルトは剣を鞘《さや》にしまうと、月を見上げた。その横顔からカトリーナは視線を逸《そ》らせない。

「――エミリオ様が言っていました。バルト様は戦いがお好きではないと。そうなのですか？」

するると彼は剣に視線を落とし、しばらく考え込んだ。そして、ぼんやりとしたままつぶやく。

「そう……かもしれないな。何かを得ることよりも、何かを失うことをつい考えてしまう。だからあまり、戦いは好きではない」

そう言ったバルトの顔は、出会った当初の彼と同一人物とは思えないほど穏やかだ。

元々の顔立ちはやはり鋭《するど》いのだが、これがあの暗黒の騎士と呼ばれる人なのだろうかと思ってしまう。

バルトの弱音に、カトリーナの胸はなぜだか高鳴った。

「私も怖くなる時があります」

カトリーナがそう言うと、バルトは目を見開いた。

「君もあるのか」

その驚きように、カトリーナは拗《す》ねて彼を睨《にら》む。するとバルトはその失言に気づいたのか、気まずそうに顔を背《そむ》けた。

「当然ではありませんか。私は家族の未来を背負ってここにいます。もちろん自分の選んだ道ですが、もしこの婚約がまた破談になれば、私も家族も路頭に迷うでしょう」

「そうだな」

「それに……バルト様に嫌われてしまうのではと思うと、やっぱり怖いですよ」

カトリーナがそう言って微笑むと、なぜだかバルトが声を上げて笑った。初めて見る表情に、カトリーナはとても驚く。

「ははっ。破談を恐れている節《ふし》など、まったく感じなかったが？　それならもっと波風立てずに過ごせばいい」

「それは……！」

思わず声を荒らげたカトリーナだが、すぐさま小さくしぼんでしまう。そして落ち着かないまま言葉を重ねていく。

「ただ……自分の気持ちを殺して生きるのは嫌だって、思ったんです。もちろん、この結婚は互いに利益のある政略結婚のようなもの。それでも私は、一緒に生きていくバルト様と、まっすぐ向かい合いたかった。バルト様のことを何も知らないまま生きていくのは、嫌だったんです。も、もちろん？　嫌われるかもって思ったこともありましたけど……」

カトリーナは気まずさを誤魔化すように月を見上げる。

するとバルトも同じように月を見上げた。

そのまま無言で月を見ていると、静寂が二人を包む。しかし、それに気まずさはなく、二人はただ自然と同じ時間を共有していた。

そこで、ふとカトリーナは気づく。

今、心がとても落ち着いていることに。

そして、いつまでもこうしていたいと思っている自分の気持ちに。

隣を見ると、バルトがいる。

その横顔は暗黒の騎士と呼ばれる彼のものではない。ただの年相応の青年の顔がそこにはあった。この国の命運や公爵家の歴史、領民たちの命――そんなものが彼の背中にのしかかっていると思うと、心がざわめく。

心を痛めながら戦うバルトを、支えて生きていきたい。そう思っている自分にも、気がついた。

「君でよかった」

「え……？」

唐突な言葉に、カトリーナはつい間抜けな声を漏らしてしまう。

「君が婚約者でよかった。……きっとほかの令嬢では、今までのように拒まれて終わるだけだったように思う。そして、拒まないだけじゃなく、君は俺を変えてくれた。……君がここに来てくれてよかった――カトリーナ」

彼に、名前を呼ばれた。おそらく、初めて呼んでもらった。

カトリーナの心臓はバクバクと高鳴る。

どこかぶっきらぼうで、でも優しく甘い声だった。

カトリーナの顔は熱くなり、目は潤《うる》んだ。それに気づかれたくなくて、彼女はうつむいた。

そして思う――

(あぁ。私、この人のことを好きになってしまったのかもしれない)

二人の想いを月明かりで照らしながら、夜は更《ふ》けていった。

第四章　企《たくら》みと因縁

カトリーナがバルトのもとに来て、三週間が過ぎた

お試し期間の一か月が終わると、カトリーナはラフォン家に嫁入りすることになる。

二人は毎日の土いじりや訓練の見学、食事の時間、食後の歓談を通して、徐々に仲を深めていった。

カトリーナはバルトのまっすぐさや正直さにどんどん惹《ひ》かれ、関係は良好だと思われる。

今日も二人で土いじりを終えて、朝食に赴《おもむ》いた。カトリーナは楽しげに声をはずませる。

「ねぇ、バルト様！　このトマトは畑から採れたものなの。とてもみずみずしくておいしいと思わない？」

「そうだな」

「そういえば、相変わらず村の人たちはとても親切なんだけど、みんなしきりにラフォン家を褒めたたえるわ。畑仕事をしたら減税されることに、感謝してくれているのかしら？」

その質問に、バルトはなかなか答えない。

なぜなら口の中に、カトリーナが採ってきたというトマトがこれでもかと詰まっていたからだ。

彼はそれをのみ込むと、ゆっくり口を開く。

「そう……かもしれないな」

するとそこで、横から執事のプリーニオが口を挟んだ。

「逆なんですよ、カトリーナ様」

プリーニオの珍しい行動に、カトリーナは目を瞬《またた》かせる。

「バルト様は、税を払えなくなった村人のために、あの畑を始めたのです。もちろんこの周辺で作った野菜を食べることは、地産地消という観点からもよいことです。ですがそれ以上に、村人の困った姿を見かねたバルト様は、あえてあの労働を課したのです。そんなバルト様の優しさを知っているから、彼らは感謝しているのでしょう。そうでなければ、あの村からは餓死者《がしや》が出たかもしれません」

餓死者《がしや》という言葉に、カトリーナは息をのむ。

「……公爵領は、餓死者《がしや》が出るほど貧しいように見えないのですが？」

その問いに答えたのは、バルトだ。

「あぁ、常にそうというわけではない。あの年は、我《わ》が王国全体で飢饉《ききん》が起こり、多くの者の命が奪われた。……今でも思い出すだけで胸が苦しくなるよ」

その話し方から、それがよほどの事態だったのがわかる。

ダシャも当時を思い出したのか、顔をしかめた。

「私の住んでいたところでも、多くの者が亡くなりました。王都だけですよ。飢饉《ききん》の影響を受けないほどの備蓄があって、いつも通りに過ごしていたのは」

カトリーナはその頃王都にいたためか、当時の苦しみを何も知らない。のんきに過ごしていた自分を恥じてうつむいた彼女を、バルトは優しく慰《なぐさ》める。

「気にすることじゃない。あの時は、公爵家の備蓄を使ってなんとか生き残ることができた。この村の者たちはそれを知っているからこそ、もう繰り返さないようにと、自分たち自身を養う力をつけることを学んだのだ」

「そういった意味でも、あの畑は大切なものなんですね」

「カトリーナが見つけてくれた作物も、大いに役立つだろうしな」

カトリーナとバルトは笑みを浮かべ、朝食に舌鼓《したつづみ》を打つ。

しかし彼女は、餓死者《がししゃ》が出たという悲劇が、頭から離れなかった。

もし自分がいたなら何ができただろう。そんなことを考えて――


朝食後、バルトは訓練に出かけるために支度を始める。カトリーナも慣れたもので、同じように外で過ごすための準備をしていた。ダシャは外で食べられる食事を用意して控えている。

そして三人が屋敷から出たその時。

遠くから、一頭の馬が現れた。その馬は猛スピードで屋敷に向かって近づいてくる。

馬上にいたのはバルトの副官であるエミリオだった。彼は、険《けわ》しい顔でバルトに声をかける。

「団長、大変です。すぐにこちらに出られますか？」

「何があった」

「今、連絡があったんです。始まりますよ、戦争が」

その言葉を聞いて、バルトは瞬時に表情を引き締めた。

カトリーナは血の気が引いてしまい、頭が真っ白になる。

「バ、バルト様……」

不安でいっぱいになってバルトを見上げると、カトリーナの頭に大きな手のひらがのせられた。

「大丈夫だ。また詳しいことがわかったら連絡する」

彼はそう言うと馬に乗り、屋敷を出発する。

カトリーナはその背中をじっと見送った。

隣にいたダシャは、心配そうにこちらをうかがう。

「大丈夫ですか？」

「もちろん。大丈夫……」

気丈に振る舞おうとするものの、カトリーナの両手は小さく震えてしまっていた。

その日、バルトは帰ってこなかった。

翌日の早朝、バルトからの使いの者が屋敷に駆けつけた。カトリーナをはじめ、屋敷の面々が集まる。

「バルト様がこれをカトリーナ様に、と」

「ありがとうございます」

カトリーナは手紙を素早く受け取り、封を開ける。その手紙には、バルトの直筆でこう書かれていた。

『戦いが始まる。カトリーナは王都に避難するべし。追って、連絡を入れる』

なんの飾りけもないその言葉を見て、カトリーナは自分の無力感に苛立《いらだ》ちと絶望を抱《いだ》いた。

◆

三週間前に来た道を、カトリーナは馬車に乗って戻っていた。

国境にある公爵領は戦場になるかもしれない。だから危険だ。

そういう意味で、バルトはカトリーナに戻れと言ったのだろう。それはわかっている。

だが納得できるものではない。本当ならば未来の公爵夫人としてラフォン家に残り、領民を守りながらバルトの無事を待つものだろう。

しかし今はまだお試し期間。正式に結婚していないカトリーナは、公爵家にとってお客様に過ぎないのかもしれない。

だから客の安全を守るため、公爵バルト・ラフォンはカトリーナ・リクライネンの王都への避難を命じたのだ。

唯一、専属メイドであるダシャをつけて。

その道中、カトリーナは決して取り乱さず、淡々と振る舞った。

そしてリクライネン家に戻ると、父と母が待っていた。二人はホッとした表情で、カトリーナを迎える。

「お帰りなさい」

「ただいま」

「体は大丈夫かしら？　心配していたのよ」

「大丈夫よ。あ、この子はダシャ。私の専属のメイドをしてくれているの」

カトリーナは、後ろに控えていたダシャを紹介した。

「はじめまして、リクライネン子爵、子爵夫人。私は、カトリーナ様のメイドをさせていただいているダシャと申します。お見知りおきを」

彼女の挨拶《あいさつ》に、父と母は相好を崩す。

「ああ。ありがとうね。この子はいろいろと面倒をかけているのだろう」

「あなたもゆっくりするといいわ。公爵家にいる時より、肩の力を抜いていいのですからね」

カトリーナの両親に、ダシャも微笑み返した。

穏やかな挨拶《あいさつ》に頬を緩《ゆる》ませながらも、カトリーナは元気が出ない。

「それじゃあ、少し私は休むわね。旅路はゆっくり休めないから疲れたわ。あ、ダシャもここでは私の世話なんていいから、ゆっくりしていてね」

「あ、カトリーナ様!?」

ダシャの声にも振り向かず、カトリーナは自室に引きこもった。

そしてそれは、そのまま次の日まで続いた。

翌朝、朝食の時間がとうに過ぎていても、カトリーナはベッドから出る気にならなかった。

ショックだったのだ。

自分はラフォン家に嫁入りし、そこで一生過ごすつもりだった。

だが、バルトは違った。お客様であるカトリーナを、王都へ追いやったのだ。

本当ならば、自分も一緒に残って戦いたかった。

バルトの無事を祈り、屋敷を守りたかった。

彼が帰ってきたら一番に出迎えられる場所にいたかった。

けれど、そのどれもが叶わない。そのためカトリーナは不貞腐《ふてくさ》れ、引きこもったのだ。

そうやって布団で惰眠《だみん》をむさぼっていると、ドアを叩く音が聞こえる。

「カトリーナ様……起きておいでですか？」

ダシャである。

公爵家にいた頃と同じように、自分の役目をまっとうしようとしているのだろう。だが、今は煩《わずら》わしいだけだ。一人にしてほしい。

「気分が優れないの。だから、寝かせて。もう来ないで」

「ですがカトリーナ様。ご両親が心配していらっしゃいます。どうか、顔を見せてくださいませんか？」

一人になりたくて、カトリーナは布団を頭からかぶった。

しかしダシャは諦《あきら》めず、何度も声をかける。そうしていると、廊下で新たな物音が聞こえた。

カトリーナは嫌な予感がして、さらに布団を強く抱きしめた。

「ねぇ、カトリーナ。起きているんでしょう？　朝食は食べないの？」

案の定、母の声だ。

カトリーナは布団の中から返答する。

「……ごめんね。いらないのね……」

「そう。いらないのね……」

カトリーナの言葉を繰り返した母の声は、いかにも心配そうだ。しかしそれはすぐに一変し、からっと明るくなる。

「でも、よかったわ。バルト様と正式に結婚する前に帰ってこられて。こんな情けない娘を押しつけるのも申し訳ないし、そもそも結婚生活に耐《た》えきれなかったでしょう。バルト様には、きっともっとよい方が見つかるわ」

カトリーナは思わず、布団をはねのけて起き上がった。つい反論しそうになったが、なんとかこらえる。

しかし母はさらに続けた。

「ちょっと公爵家で贅沢《ぜいたく》してきたからって、ここでの生活を忘れたのかしら。ここは、何もしなくてもご飯が出てくるような場所じゃないのに。こんな短期間で裕福な生活に染まってしまうなんて、情けない。そんな娘が本当にラフォン家に嫁《とつ》がなくてよかったわ。もしそうなったら――」

そこまで言われては、黙っていられない。

カトリーナはベッドを飛び出すとドアを開け、母に詰め寄った。

「いくらお母様でも聞き捨てなりません」

勢いよく出てきたカトリーナに動じず、母は視線を受け止める。

「あら？　事実でしょう？」

「私は頑張ったわよ!?　恐ろしいと噂のバルト様のもとに一人で行って！　でも、ちゃんと向き合おうって頑張ったのよ！」

「そう。とても立派ね」

「それで、バルト様をお慕《した》いして、支えていこうと思ったの！　それなのに！　どうして今戦争なんて起きるのって思うのは、そんなに悪いこと!?」

「いいえ。私はあなたを否定していないわ。ただ私が、あなたを情けないって思うだけ。別に怒らなくていいわ。あなたは自信を持っていればいいのよ。今の選択に」

カトリーナは言葉に詰まった。

母はただ、娘が情けないと言っているだけだ。

「私だって……結局、子爵家を落ちぶれさせてしまったのだから、大きなことは言えないわ。だからこそ伝えるわね」

そして母は、顔から笑みを消す。

娘の胸元をつかんだかと思うと、冷たい声で告げた。

「――後悔するわよ」

カトリーナは、心臓が鷲《わし》づかみにされたような痛みを感じた。

「もし今何もしなかったら、あなたは後悔する。バルト様が無事生きて帰ってきても、自分の無力さを嘆《なげ》くでしょう……。もちろん誰もあなたを責めないわ。けれど、自分だけが自分を許せない」

あまりにも実感がこもった言葉に、カトリーナは目を見開く。

すると母は、娘の胸元をそっと離して一歩下がる。

「まさかお母様――」

そんな経験をしたことがあるの？

そう尋ねようとしたが、表情を一変させて微笑んだ母に遮《さえぎ》られた。

「一晩泣いてすっきりしたでしょ？　さっさと顔を洗って、朝の準備を手伝いなさいな」

立ち去る母の後ろ姿を見て、カトリーナは両手を強く握りしめる。

そして、大きく息を吸うと、ぎゅっと目をつぶった。

「本当にだめね、私。バルト様は頑張っているのに。これじゃあ本当に、ただのお客様だわ」

そして、ゆっくりと目を開いた。

カトリーナは悔いる。同時に、母に感謝した。

カトリーナは間違いなく拗《す》ねていた。バルトに必要とされないことに。力になれないことに。

そんな甘えた感情を抱《いだ》いたのは、実家に戻ってきたからだろうか。

しかし、それを許さない母も、きっといろいろと苦しんできたのだろう。後悔しないように精一杯頑張ろうと、カトリーナは決意する。

バルトもきっと頑張っているのだと、自分に言い聞かせながら。

「カトリーナ様、さっきまでと瞳の輝きが……」

廊下に残っていたダシャが、何かぼそりとつぶやいた。カトリーナは振り向き、聞き返す。

「ん？　何か言った？　ダシャ」

「いいえ。何も」

思えば、ダシャにも心配をかけてしまった。

カトリーナが微笑みかけると、ダシャは驚いたように目を見開いたが、すぐに微笑み返してくれる。

「せっかく王都に来たんだもの。やれることはやったほうがいいわよね？」

そう言うと、カトリーナはダシャの手をつかんで歩き出した。

引っ張られる形になり、ダシャは戸惑《とまど》ったように声を上げる。

「カトリーナ様!?」

「朝の支度にもそれぞれの家庭のやり方があるでしょ？　うち流の方法を教えてあげる。ここは公爵家じゃないからね。一緒にやりましょう？」

突然元気を取り戻したカトリーナの強引さに、ダシャは苦笑いを浮かべる。

「カトリーナ様と子爵夫人はそっくりですね」

「それはそうよ。親子だもの」

「そうですね。カトリーナ様、リクライネン家のやり方、教えてくださいませ」

二人ともすっきりした笑顔で厨房《ちゅうぼう》に向かう。

その距離の近さは、主人とメイドというより、まるで姉妹のようだった。


母のおかげで立ち直ったカトリーナは、そのまま朝食の準備をして食事を始めた。

朝食の席についた父は、カトリーナに一枚の招待状を差し出す。

「さぁ、カトリーナ。これを」

彼女はそれを見て、目を白黒させる。

「えっと……これは何？　お父様」

「夜会への招待状だよ」

「それはわかるのですが、なぜ夜会へ、私が？」

「バルト殿のために何かしようと思っているのだろう？　昨日とは目が違うからね」

カトリーナは、その言葉にもう一度驚いた。

しかしまだ、父の真意が読めない。

「理解力が乏《とぼ》しく申し訳ないのですが……私が夜会に行くことで、何がバルト様のためになるのでしょうか？」

父は優雅に紅茶を飲みつつ、にやりと笑みを浮かべる。

「君はもう公爵夫人になるのだろう？　ならば、せっかく王都にいるんだ。公爵を寄り親とする他の貴族と、面通しをしておくといい。それに、彼らの動向にも注意しておかなければならない。バルト殿はまさしく軍人であり、政治の面は君が支えなければならないのだから」

その言葉に、カトリーナはごくりと唾《つば》をのんだ。

今までの生き方とはまったく違う考え方に、ついていけていない。

しかし、彼女は歯を食いしばった。バルトが戦場で頑張っている中で、自分だけが安穏と生きるわけにはいかない。

せっかく前を向いたのだ。

自分の未熟な部分を突きつけられても、逃げずに向き合わなければならない。

「わかりました。それで……この夜会はどなたが主催されているものでしょうか？」

カトリーナが問いかけると、父は歪《ゆが》んだ笑みを浮かべながら楽しそうに告げる。

彼女はその笑顔に寒気を感じた。

「もちろん、トラリス家さ」

――元婚約者の家名を聞いて、やっぱりくじけてもいいだろうかと、カトリーナは思った。

そして三日後、カトリーナは夜会に参加していた。

彼女は公爵家から渡されていた資金で調達した、公爵夫人にふさわしい深緑色のドレスを着こんでいる。その緑に広がる赤毛は美しく、ドレスとカトリーナは互いに引き立て合っていた。

会場に入ると、周囲の人々の視線を感じる。

どこかからため息が漏れる。カトリーナは注目されていることを否《いや》がおうにも自覚した。

そのまましばらく、貴族たちに挨拶《あいさつ》して回る。

まだ正式ではないが、未来の公爵夫人の名は大きな力を持っていた。多くの貴族が、カトリーナに丁寧に接し、バルトとのつながりを求めているのが伝わってくる。

軽はずみな発言は控え、言質《げんち》をとられないように——しかし悪印象を与えず、うまく立ち回ろう。

そう考えて神経をすり減らしたカトリーナは、夜会も序盤というのにかなり疲れている。しかしその甲斐《かい》あってか、ラフォン家と同じ派閥の貴族とは友好的に関われたはずだ。

そんな自負を抱きながら、カトリーナは自分の役目をこなしていく。

そしてひと通りの挨拶《あいさつ》を終え、なんとか部屋の端に逃げた。張り詰めた神経を少し緩《ゆる》めて、独り言をこぼす。

「ほんと無理。古狸《ふるだぬき》と女狐《めぎつね》の巣窟《そうくつ》よ、ここは」

しばらく休んでいると、ようやく主役の登場となった。

この夜会の主催者である、トラリス伯爵夫妻が現れる。そして、その後ろに一組の男女が続いた。

それは間違いなく、カトリーナの元婚約者であるサーフェ・トラリスと、彼の新しい恋人。

注目されながら、二人は最初のダンスを踊る。

サーフェも令嬢もどちらも美しい。しかし、それをカトリーナは冷めた目で見つめていた。

ダンスが終わると、彼らは参加者と挨拶《あいさつ》しながら、それとなくこちらへ近づいてくる。

そんな二人を、カトリーナは微笑みで迎え入れた。当然、心に分厚い仮面をつけている。

「久しぶりだな、カトリーナ」

サーフェは堂々たる装《よそお》いでその場に立っていた。横に付き従《したが》う令嬢はとても細身で、美しい。同じ女性であるカトリーナから見ても、その美しさは目を見張るほどだ。

「こちらこそ。ご無沙汰《ぶさた》しております、サーフェ様」

「お前も元気そうだな。暗黒の騎士に嫁《とつ》ぐと聞いて心配していたんだ」

とってつけたようなその言葉に、カトリーナのこめかみがピクリと動く。しかしここは、笑顔で流すしかない。

「それはそれは。ご心配いただき、本当にありがとうございます。ご覧の通り、とても楽しくやっております。一か月ほど前に感じた絶望が、嘘のようです」

「ふむ。それはよかった。お前がいまだに俺のことを引きずっているとしたら、さすがに後ろめたくてな。元気そうで何よりだ」

ふざけるんじゃない。

喉元《のどもと》まで出かかった言葉を、カトリーナはぐっとのみ込んだ。

自分で振っておいて、その言い草はなんだ。そんなことを言われて平静でいられる女性などいない。まして彼には、嫌味がまったく効いていない。

カトリーナははらわたが煮えくり返っていたが、未来の公爵夫人がこんなところで暴言を吐くわけにはいかない。必死に胸の中に抑えた。

「そういえば、このたびはご婚約おめでとうございます。こうしてお祝いの夜会に招待していただき、とてもうれしく思っています」

「ああ。俺とお前が婚約していた間、何もなかったことは不幸中の幸いだな。関係を持っていたら気まずくて仕方がなかっただろう。祝ってもらえてうれしいよ。ありがとう、カトリーナ」

（なんだこいつ、どういうつもりだ――!?）

どこまで人の神経を逆撫《さかな》ですれば気が済むのだろうか。

もはや、血管がいくつか切れていてもおかしくないが、カトリーナは歯を食いしばって耐《た》える。

その時、カトリーナは自分の失態に気がついた。そういえば、サーフェの隣にいる令嬢に挨拶《あいさつ》していない。

さっさとサーフェのことは思考の外に追いやり、カトリーナは礼をとった。

「そういえば……ご挨拶《あいさつ》が遅れました。私は、カトリーナ・リクライネンと申します。このたびはご婚約、誠におめでとうございます」

定型文ではあるが、失礼のない言葉。

しかし――相手の令嬢は顔をしかめた。

カトリーナは何事かと驚いたけれど、令嬢は一瞬で笑みを浮かべて礼をする。

「こちらこそ。よろしくお願いいたします。カトリーナ様」

笑顔でのやりとり。だが、その後いくら待っても、目の前の令嬢は名乗らない。

貴族のマナーとして、自分の家名を名乗ることは必要なことだ。それで序列もわかるし、接し方も変わる。

それにもかかわらず、彼女はにこにこと笑みを浮かべるばかりで、名乗らなかった。

無理やり聞き出すのも不躾《ぶしつけ》かと思い、カトリーナは話を切り上げることにした。

「ご結婚の際は、またお祝いの言葉を贈らせていただけましたら幸いです。では、失礼を」

「ああ、そうだな。まあ、楽しんでいってくれ」

カトリーナはそのまま踵《きびす》を返した。そして、ひたすら苛立《いらだ》ちを抑え込む。

カトリーナは公式にはまだ結婚していないが、形式的には公爵夫人と扱われる時期に入っている。もう少しでお試し期間が終わり、正式に公爵家の者になるからだ。

だが、サーフェは、あくまでカトリーナを子爵家の令嬢として扱った。

問題はないものの、カトリーナはバルトが侮《あなど》られた気がして釈然《しゃくぜん》としない。しかしそんなことで目くじらを立てて、彼の評判を自分が下げるわけにもいかない。

そう思って、カトリーナは失礼な物言いをすべてのみ込んだ。

――しかし、背後でつぶやかれたサーフェの言葉が、カトリーナを引き止める。

「俺が結婚する時には、お前は貴族ではないかもしれないがな」

振り向くと、サーフェはいやらしい笑みでカトリーナを見ていた。

あきらかに彼女を見下している。

(私が貴族でなくなる？　何が言いたいの？)

カトリーナは、胸の奥がざわめくのを感じた。サーフェの言葉がやけに引っかかったのだ。

すぐさまサーフェに詰め寄ると、強い剣幕で問いかける。

「サーフェ様。今の言葉はどういう意味ですか？」

「別に、お前には関係ないだろう？　盗み聞きとは感心しない。目上の人間に対しての失礼さは、辺境に行っても変わっていないのだな」

「仮にも、貴族に対して家が没落するかもと言っておいて、『関係ない』はないでしょう。問題になりますよ？」

感情を抑えきれず、カトリーナはサーフェを睨《にら》みつける。

すると彼は、途端に不機嫌な表情を浮かべた。

「なんだ、その目は。貧乏子爵家の令嬢がいい気になるなよ」

「それも今週まで。私が公爵夫人になっても、同じことが言えますか？」

「ははっ！　そんな夢物語。まだ叶うと思っているのか？」

「夢物語ってどういう――」

そこまで言いかけて、カトリーナは口をつぐむ。

今のサーフェの発言は、おかしいことだらけだ。

暗黒の騎士バルトとカトリーナとの縁談を知っているのだし、お試し期間が終わったら結婚することは間違いない。

それにもかかわらず、カトリーナは貴族でなくなると言い、公爵夫人になることを夢物語と笑う。

（公爵夫人になれず、子爵家が没落する。そんな未来、バルト様がどこかへ行かない限り、起こりえないんじゃ――)

頭の中でつぶやいた自分の言葉に、彼女はハッとする。

(バルト様がいなくなるって言いたいの? 今の状況を考えると、戦場で命を落とす可能性が一番高い――まさかサーフェ様、何か企《たくら》んでいる?)

サーフェの思惑《おもわく》を察したカトリーナは、目の前の男を鋭《するど》い視線で射貫《いぬ》いた。

「バルト様は負けません。あの方は暗黒の騎士。この王国で誰よりも強いのですよ?」

「そんなのは誰でも知っている。きっと、今回の戦いも『素晴らしい戦果』をあげるのだろうな。楽しみだよ」

その態度を見て、カトリーナは確信する。サーフェは何か企《たくら》んでいる。

「サーフェ様……。あなた程度の男の企《たくら》みくらいはねのける力を、あの方は持っています。あなたが頭に描いている未来は、決して実現しない」

「あなた程度、だと?」

サーフェは顔を歪《ゆが》めた。

「カトリーナ。子爵令嬢ごときが、俺を見下すのか?」

その反応を見て、カトリーナはここぞとばかりに切り込んでいく。

「このような夜会の場で、簡単に企《たくら》みのしっぽをつかませる程度の男ですよ? バルト様が負けるわけないではないですか」

「貴様――」

一瞬で別人のような顔つきになったサーフェは、声を荒らげながら一歩前に出た。

「俺のことを馬鹿にするな！　あんな辺境に追い込まれた男など、俺の敵ではない！　あんな男を殺すなんて、造作もないことだ！」

「サーフェ様!?」

隣に立っていた令嬢が慌ててサーフェを止めるが、それは彼の耳には入らない。

食ってかかってくる彼を、カトリーナはさらに煽《あお》る。

「どうせ、その方法も陳腐《ちんぷ》なのでしょう？」

「そんなことはない！　あの男だって、戦場で味方に斬《き》りかかられればひとたまりもないだろう！　残念だったなぁ！」

会場にサーフェの叫び声が響き渡った。

途端に、会場は静寂に包まれる。

その雰囲気を察したのか、サーフェは慌てて口をつぐみ、周囲を見回した。彼に向けられる視線は、信じられないものを見るような異質なもの。

自《みず》らの失言に気づいたサーフェは、苦々しくカトリーナを睨《にら》みつけた。

「貴様――」

「サーフェ様……いえ、サーフェ・トラリス。あなたがバルト様を陥《おとし》れようとしたことは、ここにいる多くの方が聞いていています。言《い》い逃《のが》れはできません。必ず――私が必ずあなたの罪を明らかにし、そして――あなたに罪を償《つぐな》わせてみせましょう」

そう言うと、カトリーナはそのまま駆け足で出口に向かう。

しかし扉を出る直前で立ち止まり、何やら喚《わめ》いているサーフェのもとへ戻る。そして、近くに置かれていたグラスをつかむと、ドリンクをサーフェに振りかけた。

周囲は絶句。

カトリーナは今まで溜め込んだものを、その声に込めて吐き出した。

「言い忘れましたが——貧乏人をなめるんじゃない」

そんな捨て台詞《ぜりふ》を残し、カトリーナは今度こそ、その場から走り去っていく。

サーフェがバルトを陥《おとしい》れるため、何か企《たくら》んでいる。

その事実に気づいたカトリーナは、未来の夫を助けるべく、すぐさま王都を駆けた。

◆

夜会が終わった後。

ある貴族の屋敷では、一人の令嬢が寝る支度をしていた。

彼女は、サーフェ・トラリスの横にいた令嬢である。

「カトリーナ……私に気づかなかったわ。そんなに変わったかしら」

誰もいない寝室でつぶやくと、ワインに口をつけた。

「小さな頃、あんなに一緒に遊んだのに。忘れるなんて、ひどい女」

――彼女はカトリーナの幼馴染《おさななじみ》。名をアンシェラ・グアリーニという。

グアリーニ子爵家の令嬢である彼女は、カトリーナとは幼い頃からの知り合いで、また同じ子爵家として交流があった。気が合った二人は仲良くしていたのだが――

「まあ、自分だけ幸せになろうなんて性根が曲がった女だから、仕方がないのかもしれないわね」

アンシェラはそう言うと、その身を包んでいたドレスをそっと床に落とす。

あらわになったのは、艶《なま》めかしい肢体。

細く長い手足に、豊満な胸に丸みを帯びた臀部《でんぶ》。男性の欲情を高ぶらせる魅力的《みりょくてき》な体を、大きな鏡に映す。

自身の全身を見つめたアンシェラは、三日月のように口角を上げる。

「でも、もうそれも終わり。私もこうして美しくなったのだから……あの女だけ幸せになるなんて、絶対に許さない」

アンシェラがそんな怨嗟《えんさ》を抱《いだ》くのは、わけがある。

――かつてアンシェラは太っていたのだ。

不摂生から肥満になり、肌は荒れ、お世辞にも美しいとは言えない外見だった。当然、彼女に振り向く男性などおらず、彼女のよりどころは仲のいいカトリーナだけ。

しかし、そのカトリーナも、サーフェと婚約してしまった。

カトリーナはその赤い髪も相まって、とても美しい令嬢だ。

彼女に憧れを抱《いだ》いていたアンシェラは、その婚約に心を痛めた。自分だけが取り残されたような、見捨てられたような、そんな気持ちに苛《さいな》まれたのだ。

自然と、カトリーナとの交流が薄れていく。

その間、アンシェラは思いをどんどん拗《こじ》らせていった。

そうして至ったのは――

なんでカトリーナだけが幸せになるの？

そんな疑問だ。

それがカトリーナへの不満になり、憎《にく》しみとなるのに、そう時間はかからなかった。

自室でどんどんと憎《にく》しみを募《つの》らせた彼女は、幸か不幸かその身を文字通り削っていく。

そして食事も喉《のど》を通らず、長期間憎《にく》しみを募《つの》らせた末に、かつての自分とは似ても似つかない姿になった。

ほっそりと、美しい姿に。

――アンシェラは鏡越しに見つめていた体を、そっと薄い絹布でできた寝衣で覆《おお》った。

そしてベッドにもぐりこむ。

「サーフェ様……見目は麗《うるわ》しいけれど、あまり利口ではないみたいね。婚約は少し早まったかしら」

アンシェラは、今夜の出来事を思い出す。

カトリーナの挑発に乗り、サーフェは企《たくら》みを暴露してしまった。

なんて馬鹿なことをと唇を噛《か》むが、過ぎたことは仕方がない。

今は、彼女がたきつけた企《たくら》みが成功するのを、祈るのみである。

「せいぜい……絶望に苦しめばいいのよ。カトリーナ」

アンシェラは変わった。

美しく、男を手玉に取るような女性に、生まれ変わったのだ。

だが、その身に宿した憎《にく》しみは変わらない。

カトリーナへの憎《にく》しみを募《つの》らせながら、アンシェラは今日も眠りについた。

「カトリーナ……あなたのことは絶対に許さないからね」

そんな、呪詛《じゅそ》ともいえる言葉とともに。

第五章　戦いの行方《ゆくえ》、そして伝説へ

戦争の始まりを、バルトが手紙でカトリーナに告げた日——

「団長、これは大分本気みたいですね。あれだけの人数に装備。近年稀《まれ》に見る大進軍ですよ」

エミリオは国境付近にある砦《とりで》からブラエ王国側を見て、そう言った。

彼の指摘通り、確かに目の前には数千もの兵士がいる。

普段は多くても数百同士の小競《こぜ》り合《あ》い。ここまで大規模なものとぶつかるのは、エミリオが軍人になって以来初めてだ。

「まずいな。これでは兵たちに間違いなく被害が出る」

「かといって、前みたいに自分一人で突撃するのはだめですからね。さすがの団長も、数千相手に生き残れるとは思わないですから」

「む……」

やけに勘の鋭《するど》い部下に釘《くぎ》を刺され、バルトは気まずげに視線を逸《そ》らした。

そして部下の冷たい視線を受けながら、かつての戦いを思い出す。

（確かにあの時は無謀《むぼう》だったかもしれん）

どこの世界に、数百の兵に一人突っ込んでいく公爵がいるというのか。

だが、敵のほとんどを壊滅させたのだから、文句を言われる筋合いはないだろう。そんなことを考えていると、エミリオはため息をついて声をかけてきた。

「『成功したんだからいいじゃないか』なんて思っていませんか？　よくありませんよ。部下だって肝《きも》を冷やしますし、信頼されていないかもと自信喪失にもつながります。あまりいい気分はしないんですよ？　わかってます？」

「ああ……すまん」

エミリオの言葉を聞き、『ならどうすればいいのか』とバルトは頭を悩ませる。

ブラエ王国の兵士は、おおよそ五千人はいる。相手の動きを見ていると、すぐに攻めてくる様子はない。きっとまだ増員する予定なのだろう。

対するストラリア王国は、圧倒的に少ない。

バルトの騎士団が二百人、王国から任されている兵が五百人、取り急ぎ集めた雑兵が百人という合計八百人だ。

およそ六倍の戦力差は、防戦だけとはいえ、かなり厳しい。

そして、普段であれば頼りになるカルラがどうにも腑抜《ふぬ》けているため、エミリオとバルトは頭を抱えていた。

先日、カトリーナに言われ、カルラを迎えに行ったエミリオ。

そこにいたのは、今まで見たことのない姿になった同僚だったという。彼女は顔を真っ赤にして泣き崩れ、悔しそうに歯を食いしばっていたらしい。

彼女は今まで、決して涙を見せなかった。

平民出身のため、バルトの副官になるまでの道のりは決して平坦ではなかったが、どんな困難もその強気な性格で乗り越えてきたのだ。

――そんなカルラが、今は腑抜《ふぬ》けなのである。

バルトとエミリオの隣にいるにもかかわらず、ずっとだんまり。今までだったら、うるさいと感じるほど会話に加わってきたのに。

バルトとエミリオはやりづらさを感じながらも、とにかく目の前の戦闘に集中しようと切り替える。

「で、とりあえず、どうします？　とにかく敵兵の侵攻を防ぐのが第一優先ですか？」

敵国との国境は、この砦《とりで》の少し先にある平地だ。見晴らしのいい土地で、そこで侵攻を防ぐとしたら正面衝突になってしまう。

バルトはしばらく考え込むと、首を横に振った。

「……いや。平地で真正面から戦うのはよくない。領土に押し入られるのは許容して、この砦《とりで》で籠城《ろうじょう》戦だ」

「ま、それが無難ですよね」

「エミリオは、籠城《ろうじょう》するための物資や食料の準備を。俺は、付き合いのある貴族に兵を貸してくれないか相談してみよう。この人数でも、援軍が来るまでは持たせることができるはずだ」

「はい」

「そしてカルラ」

バルトが視線を向けると、彼女はどこかおびえたように肩を揺らした。

「……大丈夫か？」

心配されて、慌てて姿勢を正すカルラ。

「は、大丈夫です。少しぼーっとしておりました。申し訳ありません」

「大丈夫ならいいが、無理はするなよ？」

「はい」

「お前には、五十の兵を率《ひき》いて相手を撹乱《かくらん》してきてほしい。できるか？　無理なら正直に言え」

「できます。では行ってまいります」

バルトが視線を送ると、二人は敬礼し素早く立ち去っていく。

武力では間違いなく敵国に劣《おと》る。だが、フットワークの軽さはこちらに分《ぶ》がある。

バルトは、少しでも自国が有利になるように、思考を巡《めぐ》らせた。

しかしすぐに、集中が途切れてしまう。ふと、脳裏にカトリーナの顔がよぎったのだ。

「……カトリーナ」

彼女はすでに、本宅を出ただろうか。

彼女との婚約の話は、このままなかったことになってしまうのではないか――

そんな不安で、思考が揺らいでいた。

カルラが先日言っていた通り、カトリーナは戦争とは縁がない令嬢である。

戦争におびえ、ラフォン公爵領へ戻ってきたくないと思ってもおかしくない。

しかしバルトは何度も頭を振り、雑念を振り払った。

「きっと、大丈夫だ。きっと……」

自《みずか》らに言い聞かせるようにつぶやきながら、バルトは目の前の敵軍に視線を向ける。

そして、彼らに背を向けると、すぐさまやるべきことに移った。

胸の奥に、カトリーナの笑顔を大事にしまい込んで。


三日後、ついに開戦となった。

結局、ブラエ王国はおよそ六千の軍勢をそろえていたが、ストラリア王国は援軍を加えても千五百の軍勢しか用意できなかった。

状況だけ見れば、ブラエ王国の勝利は固い。

ストラリア王国勢の士気はやや低いが、彼らには一騎当千《いっきとうせん》の暗黒の騎士バルトがついている。

彼は砦前《とりで》の広場に兵を集め、大声で叫んだ。

「相手は六千もの軍勢、こちらは千五百しかいない。だが、我らが負けることはない。なぜだかわかるか？」

兵たちの顔は暗い。改めて現実を突きつけられ、心が萎《しぼ》んでいるかのようだった。

しかしバルトは堂々と立ち、力強い視線を兵士に送る。

「俺は……守りたい場所がある。守りたい人がいる。それは、皆にもあるだろう。……たった一人の人間でも場所でもなんでもいい。守りたいものがあることは、力になる！　大きな力だ！」

そしてバルトは剣を掲《かか》げた。漆黒《しっこく》の剣は、日の光を受けて輝く。

「俺は、この力ですべてを覆《くつがえ》してきた！　すべてを守ってきた！　俺の言葉が信じられない者もいるだろう！　だが、俺の背中を見ろ！　敵を蹴散らしてきた俺を信じろ！　さすれば、俺たちはつかむことができる！　つかめるんだ！　未来を！　そして――勝利を!!」

バルトが叫び、剣が天へ向かって伸びた。

――暗黒の騎士がそこにいる。

兵士たちは、彼の士気を感じて奮《ふる》い立った。

「勝利を！！！！」

全員で、大切なものを守るために戦い、生きて帰ろうともがくのだ。


そうして始まった戦いは――早くも開戦から七日が過ぎようとしていた。

その時、バルトは戦場の真ん中にいた。

最初こそ、砦《とりで》にブラエ軍を寄せつけず、戦うことができた。

全員の力を合わせて弓を射《い》、投石し、なんとか持ちこたえていた。だが、それにも限界がある。

疲労が溜まり、徐々にその力を失っていった。

そしてとうとう今日、砦《とりで》の中に入られそうになっている。

その時打って出たのが、バルトである。

「ここが正念場だぞ！　いいか!?　なんとしても砦《とりで》にやつらを入れるな！　外に出るぞ!!」

「団長!?」

驚くエミリオを置いて、バルトは門の上から飛び降りた。そして、雄叫《おたけ》びとともに剣を振るう。

「ここに近寄れば死が待っていると知れ!!」

「まったく、一人で先走って……。おい、みんな行くぞ！　団長が武功を上げる前に、俺たちもやるぞ！　ほら、遅れるな！　団長に俺たちを守らせるな！」

「おう！！！！」

エミリオの言葉に精鋭たちは奮《ふる》い立った。

そして部下たちも、門の上から飛び降りていく。

砦《とりで》から降りた彼らは、雑兵を蹴散らし、あっという間に形勢を押し返す。

だが、もちろんブラエ軍も負けていない。

突如《とつじょ》として運河のような水の流れが出現し、多くの味方が流されてしまう。おそらく魔法を使われたのだろう。

「うわぁ!!」

「くそっ！」

エミリオをはじめ、ほとんどの騎士が流されていく。もちろん、ブラエ軍の兵も巻き込まれた。

ブラエ軍としては、今いる兵士を失ってもかまわないだろう。むしろ一時的に戦場に空白ができ、ブラエ軍の後続が押し寄せればまた優位に立てる。そんな作戦に違いない。

だが、それは失敗に終わった。

水が流れ去ったそこは、草木さえ濁流《だくりゅう》にのまれていったにもかかわらず——バルトが残っていたのだ。戦場の真ん中で、たった一人流されずに佇《たたず》んでいる。

砦《とりで》にいる兵士から、凄《すさ》まじい歓声が上がる。

大きな川の流れにも負けず立ち続けるなど、人間業《わざ》ではない。

それをやってのけたバルトは、ブラエ軍を睨《にら》みつける。

ブラエ軍は動揺していたが、敵将の一人がすぐに冷静さを取り戻し、大声を上げた。

「敵将が一人残されたぞ！　討《う》て！　討《う》て！　討《う》てぇぇぇぇぇ!!」

その声に押されるかのように、その場にいた数百の兵は一斉にバルトへ迫ってくる。

バルトは黒く染まった剣を両手に持ち、腰を落として敵兵を睨《にら》む。

「近寄ればすべて斬《き》る！」

そして、近づいてきた者たちに向かって剣を一振りすると、十人近くの兵が吹き飛んだ。

それを見て後続が怯《ひる》んだものの、後ろからの圧力で、今さら止まることなどできない。やむなく突撃したが、一閃《いっせん》、また一閃《いっせん》とバルトが剣を振るうたびに、人がものへとなり下がった。

「この砦《とりで》には誰一人、入らせない！　絶対にだ！」

——守りたい場所があるから。

「この腕が千切れても、決してここを通さない！」

——守りたい人がいるから。

「絶対に……、絶対に俺は死なん！！！」

その叫びは戦場に響いた。


それから幾度となく振り続けたバルトの剣は、目の前に敵兵の亡骸《なきがら》の山を作り上げた。

そこまでしてようやく相手も足を止め、躊躇《ちゅうちょ》する。

敵兵もやっと、この男に手を出してはならないと理解したのだろう。

及び腰になった彼らは、じりじりと下がっていく。

(このまま辛抱していれば、きっと援軍が来てくれる)

バルトはそう信じていた。

そして、それは現実となる。

物音が聞こえて振り向くと、ストラリア軍の軍旗を掲《かか》げた一団が、土煙を上げながらこちらに向かってきている。

「間に合ったか……」

思わずこぼれた言葉に、バルトは自分が追いつめられていたことに気がつく。

同時に、援軍に感謝の念を抱《いだ》いた。

援軍はバルトのすぐそばまで来て、馬から降りる。

ブラエ軍は、また一歩後退した。

バルトはお礼を言おうと、援軍に近づく。

「援軍、感謝する。失礼だが、所属をお聞きしてもよろしいか？」

しかし、相手は答えない。

（……妙だな）

バルトが不穏な空気を感じ取ったその時、遠くから副官の声が聞こえた。

「――団長！　敵です！　彼らは味方じゃない！」

その瞬間――目の前の兵士たちは剣を抜き、一斉にバルトへ斬《き》りかかってきた。

◆

――時はさかのぼり、カトリーナがトラリス伯爵家の夜会から走り去ったあの日。

彼女はまっすぐに実家へ帰り、息を切らして屋敷の扉を開けた。

予定より早く戻ってきた娘に、両親はとても驚いた。

「どうしたの、カトリーナ。何かあったのかしら？」

「まだ夜会中のはずじゃないか。どうしたんだ、一体」

「理由は後ほど。お父様、お母様、今回の隣国ブラエと我《わ》がストラリア王国との戦いについて、何か知っていることはない？」

漠然としたその質問に、父は怪訝《けげん》な表情を浮かべながらも答えてくれる。

「知っていることかい？　あまり情報は入っていないが……とりあえず、今日、王都から援軍が出たと聞いたな」

「王都から援軍？」

「ああ。かなり厳しい戦いのようだからね。トラリス家を筆頭に、多くの貴族が援軍を用意したと聞く」

父親の言葉に、カトリーナは唇を噛《か》んだ。

トラリス家が援軍を用意したということは、サーフェがそれに何か仕込んでいてもおかしくない。もし彼の話が妄言《もうげん》ではないのだとしたら、援軍そのものが罠《わな》だという可能性もある。

現時点でそれは定《さだ》かではないが、カトリーナとしては看過できるものではない。

今の自分に何ができるのか。そんなものはわからない。

ただ、バルトのことが心配でたまらない。

「……お父様。お願いがあります」

カトリーナはあらたまって言った。

「なんだ」

「馬を一頭、貸してもらえませんか？」

「馬、だと？」

両親の表情が険《けわ》しくなる。

「はい。馬と、あとは馬の扱いに長《た》けた人を一人。途中の村で馬を乗り換えれば、おそらくラフォン公爵領まで一日で着けますよね」

「一日であそこまで⁉　一体なんのために？」

「バルト様が命を狙われているかもしれないからです」

カトリーナの言葉を、両親は困惑しながらも理解したらしく、息をのんだ。

「……それは確かな情報かい？」

「サーフェ様が、『あの男だって、戦場で味方に斬《き》りかかられればひとたまりもないだろう』と言ったのです。トラリス伯爵家が援軍を出しているのなら、その中に裏切り者を紛《まぎ》れ込ませることもできるでしょう。私はバルト様の婚約者として、一刻も早くこの情報を伝えなければなりません。どうかお父様、馬を貸してください。この通りです」

カトリーナはそのまま深々と腰を折る。

娘の必死な様子を見て、父はただ眉をひそめた。

一方の母は、慌てて口を開く。

「カトリーナ。私は反対です。ただ情報を伝えるだけなら誰でもできるでしょう？　ねぇ、あなた。この子が行く必要なんてないわよね？　なんとか言ってくださいな。行かなくてもよいと、さぁ、早く」

そうまくしたてた母をちらりと見ると、父は淡々とカトリーナに問いかけた。

「今言ったように、誰かに任せることはできないのか？」

その声は、状況にふさわしくないほど落ち着いている。

「あの方の本当の味方は、私と屋敷の者しかおりません。誰かに任せることなど、危険すぎてできません」

「どうしてもお前が行かなければならないのか？」

父の問いかけに、カトリーナは素直に答えた。

「行かなければならないわけじゃありません。しかし、私がどうしても行きたいのです。ただ、私があの方の力になりたくて……おそばにいたいのです」

「だめよ‼」

そう叫んだのは、母だった。彼女は涙を流しながら、部屋の扉の前に両手を広げて立ちはだかった。

「あなたが行く必要なんてないわ！　あなたが行かないことで結婚話がなくなってもかまわない！　この家のことなんてどうでもいい！　お願いだから、ここに残って！　お願いよ！」

その叫びに、母の愛が込められていた。

心が引き裂かれそうになるくらい胸が痛む。だが、カトリーナの決心は変わらない。

カトリーナは自分がバルトのことを好きなのだと気づいてしまったから。

彼のもとへ行きたいというのがわがままだということは、わかっている。しかし、そのわがままをどうしても通したいのだ。

「お母様……私、バルト様が好きなんです。彼は今、戦場で戦っている。そんなバルト様を支えたい。彼と一緒にいたい。もう、その気持ちを抑えることはできないの」

「でも！　でも……っ」

泣き叫ぶ母を、カトリーナはまっすぐ見つめた。

その様子を見ていた父が、ぎゅっと目をつぶる。しばらくしてうなり声を上げたのち、そっと言葉を紡《つむ》いだ。

「……わかった。ただし、約束してくれ。必ず無事に戻ってきて、また顔を見せてくれると」

「あなた⁉」

「お父様！」

母は責めるように、カトリーナは喜びいっぱいで声を上げる。

すると父は娘に鋭《するど》い視線を向けた。

「わかったか⁉　それが約束できないなら馬は貸せない。どうだ？」

「わかったわ！　約束する！　絶対に無事に戻ってくる！」

「よし。じゃあ支度をするように。私も馬と騎手を準備する」

父の返事を聞いて、カトリーナはすぐさま部屋を飛び出した。


部屋に残された母は、父につかみかかり激しい口調で責める。

「どうして⁉　どうしてあの子が行かなければならないんですか⁉」

「あの子が……カトリーナがそう望んだからだ」

「でも――」

「お前だってわかっているだろう？　最近、あの子は少し変わった。以前はあのように声を大きくすることもなければ、親に真《ま》っ向《こう》から逆らうこともなかった」

「……はい」

「だがな……昔から、一度決めたことは絶対に覆《くつがえ》さなかったじゃないか。幼い頃、私たちの反対を押し切ったことがあっただろう？　静かに涙を流しながら、じっと耐《た》え忍《しの》んで部屋の隅でしゃがみ込んで……あの時も、私が折れるしかなかった。私を睨《にら》みつけるあの子が、昔のあの子と重なったよ。あの子は確かに変わったが、きっと変わっていないところもあるのさ」

「そうですが……」

途端にしゅんと小さくなる母を、父は優しく抱きしめる。

「最近、あの子につらいことしか起きなかったからな。だからこそ、私はあの子の思う通りにさせてやりたい。私たちはあの子が無事に帰ってきた時に、力になってやろうじゃないか」

母はそっと父の胸元に顔をうずめた。葛藤《かっとう》する気持ちを、無理やり抑え込むようにして。


数時間後、リクライネン家の屋敷から、馬が一頭飛び出す。

その背中には二人の人影が乗っており、すさまじい速さで王都を駆けて行った。

乗馬ができないカトリーナのために、父は騎手として早駆け自慢を持つ馴染《なじ》みの青年を雇ってくれた。カトリーナとも長い付き合いで、彼にならこの役を任せられるほど信頼している。

彼に馬を操ってもらい、カトリーナは王都を出た。

公爵家への道のりは、ごくごく一般的な道を選ぶ。

馬車で行くならば、二日以上かかる道のりだ。トラリス家が用意した援軍の練度がいかに高くとも、数が多ければ行軍速度は遅くなる。

途中で必ず追いつけるはずだ。

そう考えたカトリーナは、とにかくまずは援軍に追いつくことを目指した。

サーフェが何か企《たくら》んでいるのだとしたら、それは援軍に託しただろう。どうやってバルトを殺すつもりなのか、突き止めなければならない。


出発は夜中だったが、気づけば日が昇《のぼ》っている。

途中で休憩を挟み、馬を変えたが、馬に乗り慣れていないカトリーナは体力の消耗《しょうもう》が激しい。

数度目の休憩で地面に座り込んだ彼女に、青年が声をかける。

「だ、大丈夫ですか、カトリーナ様」

「ええ。大丈夫。とにかく今は援軍に追いつかないと。さもないと、バルト様が……」

声はまだしっかりしているが、気を抜くと地面に倒れ込んでしまいそうだ。

青年は、気遣うように声をかけてくれる。

「伝言なら聞きますよ。必ず伝えますから」

「だめ！」

カトリーナは顔を上げ、はっきりと首を横に振った。

「あなたのことは信用してるわ。でもね、人に任せられないこともあるの。たとえば、もしあなたが途中で事故にでも遭《あ》ってしまったら？　それを知る術《すべ》のない私は、何もできないまま婚約者を失うかもしれないのよ。お荷物なのはわかってる。でもお願いだから連れてって」

そう言われてしまえば、雇われた男は何も言えない。昔から彼を知っているカトリーナには、彼が押しに弱いことくらい百も承知だ。

男はしばらく悩んでいたが、腹をくくったのか、大きく息を吐きながら顔を上げる。

「考えを曲げる気はないのですね？」

「もちろんよ」

「でも、体はしんどいのでしょう？」

カトリーナは正直に頷《うなず》くことができず、唇を噛《か》んだ。

体がつらいと認めて、連れていってもらえなかったら困る。

そんなカトリーナを見て、男は苦笑いを浮かべると、頭を掻きながら口を開く。

「少しでも早く援軍に追いつけるよう、頑張ればいいってことですかい？」

「そ、そうよ！　それでお願い！」

「わかりました。なら、絶対に落ちないでくださいよ？　もっと飛ばしますからね」

「ええ、望むところよ」

カトリーナはそう言って立ち上がったが、ふらふらとよろめき、木にもたれかかる。

「ほ、本当に大丈夫ですかい？」

「大丈夫って言ってるでしょ！　ほら、行くわよ！」

この強がりが、いつまで続くだろう。

強がりすら言えなくなったらどうしようかと考えながら、カトリーナは再び馬にまたがった。


そのまま、半日が過ぎた。すでに日は沈みかけていた。

カトリーナは今、気力だけで馬にしがみついている。

朦朧《もうろう》とする意識の中、馬が突然速度を落としたことに気づき、顔を上げた。

「どうしたの!?　何かあった？」

「いえ、お静かに。援軍に追いつきました。この山で野営するのでしょう、準備をしているようです」

男の声に、息をのむカトリーナ。確かに前方では、大勢の軍人たちが荷物を下ろしたり解いたりしている。

二人は木の陰に隠れると、そのままの距離を保ちながら、夜を待つことにした。しばしの休憩である。

少しだけ仮眠をとったカトリーナは、日が落ちる直前に起きて、物陰から様子をうかがった。

その時、自分の恰好に気がつく。そういえば慌てていて、ドレスのまま来てしまった。とりあえず、この目立つドレスをどうにかしなくては。

カトリーナは心配する青年をなだめ、一人山の奥に入る。

そして準備を整え、彼のもとに戻ったのだが——

「ぎゃ、ぎゃあ‼」

カトリーナの姿に驚き、青年は声を上げた。

「馬鹿！　何大きな声を出してるの⁉　静かにして！」

小声で彼を叱りつけながら、カトリーナは体をかがめる。

男は落ち着きを取り戻したが、まじまじとこちらを見てきた。

そもそも彼が驚いたのは、カトリーナのせい——彼女の姿のせいだ。

まず、白い肌は泥にまみれている。濃灰色に染まり、元々の美しい肌を微塵《みじん》も感じさせないほど汚れていた。

美しかったドレスには、葉っぱや枝が隙間なく貼りついている。

そのまま地面に寝ころんでいれば、泥と落ち葉のできあがり。

人間に見えないのはもちろん、貴族令嬢には間違っても見えない。

カトリーナは誇らしげに、その姿を彼に見せつけた。

「どう？　泥で人のにおいも消えるし、目立たない。葉っぱは音が出るのがたまにきずだけど、夜なら茂みにしか見えないからね」

カトリーナは前世の知識を活用し、即席の迷彩ドレスを作り出したのだ。

木から染み出たべとべとの樹液をドレスに塗りたくり、葉っぱを貼りつけて、肌を泥で隠した。

軍人の真似をしたつもりである。

とりあえず、この世界では明らかに変人に見えるだろうなと思いながら、カトリーナは口を開く。

「ちょっと、今から偵察に行ってくるわ」

「え？」

戸惑《とまど》う彼に、カトリーナはさらに続ける。

「明日までに戻ってこなかったら、絶対に私のことをラフォン家の人たちに伝えてね？　お願いよ！　約束だからね！」

「いや、それはまずいでしょ！　何考えてるんですか！」

「どうして？　だって、バルト様が狙われてるって証拠を見つけないといけないし、調べに行く人は私しかいないでしょ？　あなたは馬を走らせることが仕事で、密偵《みってい》役は契約に入ってないんだから」

「それはそうなんですが――あっ！」

「じゃっ」

カトリーナが駆け出すと、あっという間に夜に馴染《なじ》んだ。

男は腕を伸ばしたまま固まってしまい、彼女がいる場所とは違う場所に視線をさまよわせる。

それを見て、とりあえずは擬態《ぎたい》できそうだと安心したカトリーナは、そっと山の中に消えていった。

カトリーナが追いついた援軍は、トラリス家を筆頭とした貴族が編成したものである。兵士の数は全部で五百。

ブラエ軍の六千に対抗するにはいささか少ないが、急場でこしらえるにはこれが限界だった。だが、確実にストラリア王国軍の助けになる。

編成軍の長《おさ》はトラリス家直属の騎士。名前をイヴォといい、伯爵家に長年仕《つか》えてきた。

彼は、サーフェからバルトの暗殺計画を聞いた時、サーフェが正気を失ったかと思った。

当然である。暗黒の騎士バルトは、国への脅威を押し込めてくれている、すべてを背負う男だ。

彼を失うのは国にとって大損失である。

もちろんそう言ったが、未来の主人は理解してはくれなかった。

「カトリーナに公爵夫人という身分はふさわしくない。アンシェラも言っていたが、この国から暗黒の騎士がいなくなるということも利点が大きい。何せあの男は、娼婦から生まれた卑《いや》しい血を引く者なのだぞ。陛下はあの男を疎《うと》んで王族から追放し、辺境のラフォン公爵家に追いやった。その上で騎士団への入団を認めたのだから、陛下はあの男の死を望んでいるに決まっている。その望みを俺が叶えれば、もっと上の立場になれるかもしれんしな。はっはっはっはっは」

そう高笑いしたサーフェに、イヴォは心底嫌気がさした。

だが、息子の口車に乗せられたのか、トラリス伯爵もこの援軍を率《ひき》いることをイヴォに命じた。それも、バルトを殺せという信じられない命令を添えて。

ここまで来ると、もう自分は何も言うべきではない。

そう思ったイヴォは、トラリス家による兵にのみバルト暗殺を伝え、軍を編成した。

そうして出発したが、五百という大所帯のため、進みは遅い。だが、聞いた話ではまだ時間はあるので、急ぐ必要はないだろう。

仮に、バルトが戦死したとしても、かまわない。イヴォにとっては自分の手を汚さなくてよくなるのだから、むしろ望むところだ。

本日はラフォン公爵領の手前で、野営を決めた。

やりきれない思いを抱《いだ》いていたイヴォは、テントで二人っきりなことをいいことに、信頼できる副官に愚痴《ぐち》をこぼす。

「どうしてしまったんだろうな、当主様は……。サーフェ様も、あの女と出会ってからおかしくなってしまった。お前はどう思う？　バルト殿を暗殺するなど、とても正気とは思えん」

副官も渋い顔をしている。

「まぁ……しかし、仕方ないではありませんか。必要なことなのです、きっと」

「……そうだな。相手は、あの暗黒の騎士だ。俺たちに迷いがあれば無事では済まないだろう。だからチャンスは、出会いがしらの一度きり。合図を出したら全員で一斉に斬《き》りかかる。いいか？」

「下手に小細工するよりもいいかもしれませんね。……気は進みませんけど」

「それは俺もだ。だが、やらねば俺たちの命もわからんぞ」

「はい、団長」

そうして夜は更《ふ》けていく。

テントの外で、もぞもぞと動く何かがしっかりとその会話を聞いていたことは、援軍の誰も気がつかなかった。

◆

バルトもカトリーナさえも去ったラフォン家の本宅。

主《あるじ》がいない屋敷はとても静かで、それでいて緩《ゆる》い空気に包まれていた。

気を使わなければならない相手がいないことは、使用人にとって緊張を緩《ゆる》められる休息の時だ。

もちろん最低限の水準は保つものの、執事長であるプリーニオ以外は、普段よりもリラックスして過ごしていた。

「バルト様が戦いに出られてから早七日か……。カトリーナ様もすでに王都に着いている頃だろうが、いかがお過ごしだろうか……」

プリーニオは、夜の庭園の手前でぽつりぽつりと独り言をつぶやく。

突然の戦争。しかもバルトにとって重要な結婚の時期と重なったのが、引っかかっていた。

「まあ、気にしていても仕方があるまい。とにかく、お二人が戻ってきてから穏やかに過ごせるように、屋敷を整えておかねばな。使用人たちにも、気を抜きすぎないよう声をかけよう」

彼は気合いを入れて、屋敷に戻ろうとした。

その時、屋敷の玄関の方が騒がしくなる。数人の使用人が何やら叫んでいるようだ。

「なんだ？　この騒ぎは」

プリーニオは庭を歩き、玄関に向かう。入り口に回ったところで、彼は目を丸くした。

「カトリーナ様⁉」

そこには、王都にいるはずの令嬢――バルトの婚約者カトリーナが倒れていたのだ。

しかもその姿は、いつもとは別人のようになっている。

ドレスは薄汚れ、ところどころ木の葉がついていた。本来ルビーのような輝きを持つ赤い髪も、赤土色に染まっている。

肌は泥まみれな上に傷だらけで、目の下には隈《くま》があった。

何者かの襲撃を受けたのかもしれない。

そこで周囲を見回すと、離れたところに仰向《あおむ》けで男が倒れていた。そしてその後ろに馬が転がっている。

「カトリーナ様！　何があったのですか⁉　執事長のプリーニオです。聞こえておいでですか⁉」

普段取り乱すことのないプリーニオが、声を張り上げて彼女を抱きしめた。

すると彼女はパッと目を開き、プリーニオを射貫《いぬ》く。

その瞳を見て、彼はひゅっと息をのんだ。

「……っ、すぐに、この屋敷のみんなを集めて。一刻も早く……！　バルト様が危ないのです。お願い、どうか……早くっ！」

すがるように懇願《こんがん》するカトリーナだったが、その瞳の熱は、光は、決して陰ってはいない。

彼女の気迫に気圧《けお》され、プリーニオはただ頷《うなず》くと、部下に指示を出した。

◆

わけのわからぬ緊急事態だっただろうに、プリーニオの動きは早かった。

すぐさま使用人を集め、カトリーナと見知らぬ男性、馬を看護できる者をあてがった。男性はかなりの疲労から眠りこけている。馬は潰れる一歩手前だったそうだ。

カトリーナも衰弱《すいじゃく》しているが、自《みずか》ら看護を断り、使用人の集まりに参加した。

使用人たちは、屋敷の玄関ホールに集められている。

彼らの前に立ち、二階に続く階段の上からカトリーナはかすれた声を絞《しぼ》り出した。

「みんな、集まってくれてありがとう。私が王都と道中で得た情報を伝えます。すべてが正しいわけではないかもしれない。けれど、私は万一に備えて動きたいの。聞いてくれますか？」

全体を見回すが、反対意見は出なかった。

カトリーナは小さく頷《うなず》くと、ふらつく体を階段の手すりに委《ゆだ》ねる。

「私は王都でラフォン家とつながりのある貴族の方に挨拶《あいさつ》をするため、夜会に行きました。そこで聞いた話から、危惧《きぐ》を抱《いだ》いたのです。何者かがバルト様を殺すために罠《わな》を仕掛けたかもしれないと」

全員が息をのみ、すぐにざわめきが広がる。

その様子をしばらく見てから、カトリーナは再び口を開いた。

「そして道中、私たちより先にこちらへ向かっていた援軍を追い抜いた際、確信しました。その時に忍《しの》び寄って聞いた話によると、援軍の一部は、バルト様を殺すために雇われた者だそうです。やはり私の危惧《きぐ》は正しかった」

カトリーナは一度息を吐くと、凜《りん》と告げる。

「私はバルト様を助けるために王都から戻ってきました。どうか……私に協力してくれませんか？」

そう呼びかけるも、使用人たちはおしゃべりをやめず、カトリーナの言葉は耳に入っていないようだ。

バルトが暗殺されたら、公爵領だってこの国だって危ない。動揺するなと言っても無理だろう。

しばらくその光景を眺めていたが、使用人たちは落ち着かない。カトリーナは再び口を開いた。

「お願いしたいのは、それほど難しいことではありません。危険も極力少なく済むように考えます。ですから、どうか――」

しかし、カトリーナの言葉は使用人たちに届かない。こんな状況でも耳を傾けてもらえるほど、カトリーナと彼らに信頼関係はない。

だが、諦《あきら》めない。

一人ではできないことでも、みんなでやればきっとできる。

そう信じた彼女は、近くにいたメイドにそっと声をかける。

「ねぇ、あなた」

「は、はい、なんでしょうか⁉」

メイドは慌てながらも返答する。

「この豆を知っているかしら？」

カトリーナが差し出した豆を見て、メイドは首をかしげながら頷《うなず》く。

「はい、もちろんでございます。料理にもよく使われる一般的な豆です。この豆が、どうしたのですか？」

「私、バルト様を救うために、皆さんに協力してほしいのです。例えば、この豆をできるだけたくさん集めること。あなたにできますか？」

「それはできますが……そんなことでよろしいのですか？　この豆を集めるだけで、ご主人様を助けることができる……⁉」

メイドの驚きの声で、使用人たちはハッとしたようにカトリーナを見た。

カトリーナはみんなを見回し、大きな声で言う。

「私は皆さんに、それぞれができることだけをお願いしたいのです。もちろん嫌なことはさせません。私が求めているのは人。人なんです！　バルト様に仕《つか》えて、バルト様を慕《した》っているあなたたちなら、きっと！　きっと、あの方を救える！　お願いですから！　なんの力の持たない私ですが、どうか、協力してください！」

カトリーナは深く頭を下げた。

すると、使用人同士が相談する小さな声が聞こえてくる。しかし、内容まではわからない。

せめて誠意を伝えたくて頭を下げ続けていると、聞き慣れた声が響く。

「私はもちろんご協力させていただきます。未来の公爵夫人の頼みですからな。そこまで主人を想ってくださるお方に、何もお返ししないわけにはいきません」

顔を上げると、プリーニオが微笑んでカトリーナをまっすぐ見つめていた。

彼は周囲を見回し、部下たちに声をかける。

「お前たちも、本当はご主人様を――バルト様を助けたいと思っているのだろう？　ラフォン家の使用人としてのプライドもあるのだろう？　なら、やるべきことなど決まっている。そうだろう？お前たち」

再び、その場に沈黙が落ちた。

しかし――

「私は、先ほど言われたことならできます！　やらせてください！」

さっきカトリーナが声をかけたメイドが、声を上げた。

彼女の隣にいるメイドも、一歩前に出る。

「私も何かできることはないでしょうか？　多少の危険は厭《いと》いません！」

すると次から次へと使用人が声を上げた。

「それなら俺も！　何かさせてください、カトリーナ様！」

「私も！」

「俺も！」

目の前の光景に、カトリーナはつうっと涙をこぼす。

「みんな……」

プリーニオは笑いながらも、部下たちの真意を探るように見た。

「ははっ！　一応言っておくが、参加しなくても罰則を与えることはないぞ？」

「何言っているんですか、執事長！　みんな、自分の意志で希望しているのです！　力不足かもしれませんが、できることをさせてください！」

これ以上ない言葉に、カトリーナは嗚咽《おえつ》を漏らしそうになり、口元を押さえる。しかしうれし涙はこらえることができない。

「みんな、本当に——ありがとう。プリーニオ、ありがとう」

彼がいなかったら、みんなに話を聞いてもらうことも難しかっただろう。

カトリーナは感謝の気持ちで微笑むと、プリーニオは深々と礼をする。

「やはりカトリーナ様だったのですね。新しい風を吹き入れてくれる女神は……」

「え？」

彼の声が聞こえず、カトリーナは聞き返す。しかし彼は言い直すことなく、優しい笑顔で首を横に振ったのだった。

「カトリーナ様！　執事長！　来たそうです！」

屋敷で待機していたカトリーナは、その言葉を聞いて立ち上がる。

隣にいるプリーニオの表情は、珍しく険《けわ》しかった。

「とうとうね……大丈夫かしら」

「大丈夫ですとも。きっと成功します」

「うん、ありがと」

ラフォン家に到着したのは、ストラリア王国の援軍。

つまり、バルトの暗殺を企《くわだ》てているトラリス家の軍人を含む一行だ。

援軍がラフォン領を通過する時を狙い、カトリーナたちは作戦を立てていた。しかしそれが通用するかはわからない。

彼女は乾いた唇をひとなめして自《みずか》らを奮《ふる》い立たせると、屋敷の玄関に向かう。

そのあとをプリーニオが追った。

玄関では、メイドたちが大きな箱を持って待ち構えている。

「準備はいい？」

「はい。村の方々も協力してくれましたから」

「ありがとう。じゃあ行くわよ」

「はい!!」

メイドたちが一斉に声を上げる。

カトリーナは深呼吸をすると、にこやかな笑みを顔に貼りつけるのだった。

カトリーナたちは、屋敷の門の外で準備して待つ。

しばらくすると、遠くから大勢の騎馬隊や軍人の一団が見えた。

往来を塞《ふさ》ぐように待ち構えるカトリーナに気づき、先頭にいる派手な鎧《よろい》を着た軍人が、鋭《するど》く睨《にら》みつけてくる。彼の鎧《よろい》には、トラリス家の家紋がついていた。

(落ち着いてカトリーナ。バルト様のほうが怖いじゃない。だから大丈夫)

バルトが聞いたら間違いなくへこむようなことを心の中でつぶやきながら、彼女は一歩前に出た。

すると、先頭の男は馬を止め、カトリーナを見下ろした。

「いかがされたかな。私たちは急いでいる。どいてくれないか？」

彼の言い分を華麗にスルーし、カトリーナは笑みを向ける。

「お初にお目にかかります。王都からの援軍の方だとお見受けします。大変待ちわびておりました。私はバルト・ラフォンの婚約者でございます」

「ふむ、バルト殿の……。そうか。私はイヴォ。トラリス家の騎士団長をしている。今、そのバルト殿が助けを必要としているのだ。我らとしても早く駆けつけたい。失礼だが、何か御用か？」

「私も早くバルトを助けに行ってもらいたいと思っています。ですが、ここまでの強行軍お疲れでしょう？　そのままでは士気にも関わりますし、体調を崩しては元も子もございません。少し、休憩でもいかがでしょうか？　これから激しい戦いに身を投じるのですから……」

突然の申し出に、イヴォの表情はさらに険《けわ》しくなる。

当然だろう。カトリーナの提案は不自然だ。

婚約者が戦地にいる状態でのんきに休憩してもらいたいと言うなんて、おかしい。

カトリーナもそれはわかっている。断られることを前提で提案したのだ。

予想通り、イヴォは首を横に振る。

「不要だ。私たちは急いでいる。今こうしている間にも、我《わ》が国の同胞が苦しんでいるかもしれない。申し出はありがたいが、失礼する」

「そうですか。申し訳ございません。でしたら……」

カトリーナは言葉を切り、横に控えていたメイドに目配せをした。

「せめて、食料をお持ちください。そのまま食べられるものばかりです。これくらいしか、私たちにできることはありませんから」

メイドたちは、一人分ずつ袋に小分けにされた食べ物を差し出す。

それを見て、イヴォは頷《うなず》いた。

「ふむ……それはありがたい。皆の士気も上がるだろう。いただくとしよう」

「はい。足どめにならないようにお配りいたしますね――」

カトリーナはイヴォに近づき、彼にだけ聞こえるようにささやいた。

「トラリス家の方のものは、少し豪華にしておきましたから」

（ちょっとあざとかったかな……）

本人でもそう思うほど媚《こ》びた態度に、イヴォはうろたえている。だが、すぐ気を取り直した。

「このご厚意、必ず我《わ》が当主にお伝えしよう。では、失礼」

そう言われ、カトリーナは深々と礼をした。

イヴォは堂々とした態度を崩すことなく、その場を後にする。

行軍が通り過ぎていくところを、メイドが食料を配って回った。

一行が去ったことを確かめ、カトリーナは小さく笑みを浮かべて顔を上げる。

「第一段階は終了よ。みんな、次の場所に移って」

そして彼らが去った方向を見て、笑みを消したのだった。

◆

「いったいどういうことだ!?　どうしてこんな事態に!!」

イヴォは戦地に向かう途中、叫んでいた。

食事休憩でラフォン家からもらったものを食べてから一時間ほどした今、下痢《げり》や嘔吐《おうと》を訴《うった》える兵が続出しているのだ。しかも、トラリス家の直属の兵士のみに。

不自然なこの事態に、イヴォは数時間前に会った令嬢の顔を思い浮かべた。

「あの女っ!!　次に会ったら、ただじゃおかないからな！」

そう叫びながらも、彼自身、マーライオン状態である。下だって大洪水だ。とてもではないが、馬に乗って進むことなどできない。

明らかな不調を抱える兵士らは、足止めを食らってしまう。

健康被害が出ていない者を先行させたらどうかとほかの領の兵から提案されたが、そういうわけにはいかなかった。トラリス家以外の援軍が先に到着したら、バルトが戦いの中でピンチになる可能性は下がる。そうなれば、暗殺の成功率も著《いちじる》しく下がってしまう。

だが、ほかの領の兵を留めるのも限界がある。

イヴォは、体の不調を精神力で抑え込み、少しずつ歩みを進めることにした。

お腹はぎゅるぎゅると鳴りっぱなしである。吐き気だって止まらない。

そのせいで本当にゆっくり進んでいると、イヴォは奇妙なことに気づいた。

(明らかに、人数が減っている？　ほかのやつらはどこに行った)

自分たちの体調に気を取られていたが、気づけばトラリス家の兵以外が周囲からいなくなっている。

あれだけいた兵が、今はこんなにも少ない。

イヴォが驚愕《きょうがく》した瞬間、彼の真後ろにいた兵士が突然倒れた。

いや、倒れたというよりも、何かが当たって吹き飛んだのだ。

物が飛んできた方向を見ると、草むらと木々がある。その陰から、人の気配がした。

きっと身を隠して、何かを放っているのだろう。

「敵襲！　敵襲だ！　なんらかの飛び道具を使っている！　皆、戦闘準備を！」

イヴォはとっさにそう叫ぶも、今残っている兵士たちはトラリス家の者のみ。下痢《げり》と嘔吐《おうと》に苦しめられる彼らに、迅速《じんそく》な行動などできるわけがない。

結果として、無防備に攻撃を受け続けることとなってしまう。

「くそ！　このままじゃ全滅だ！　皆、散れ！　散れえええぇぇぇぇぇぇ！」

イヴォの叫びがあたりに響いた。

◆

イヴォの叫びを、遠くから聞いていた者がいた。カトリーナだ。

彼女は、少し離れた人だかりの後ろに控えていた。

前にいる男たちが石礫《いしつぶて》を投げる様子を見て、にやりと口角を上げる。そこに近づいてきたのはダシャだ。

「えげつないですね。生《なま》の白いんげんとジャガイモの毒をまぜた食料で兵士を弱らせた上に、石礫《いしつぶて》で攻撃するとは。普通の令嬢は考えないですよ」

「だって、私たちは戦いの素人《しろうと》よ？　使えるものはなんだって使わないと、勝てないんだから。毒を混ぜたと言っても、致死量は超えていないから安心して」

その言い分に、ダシャはあきれたように息を吐く。

ちなみに、カトリーナがさっさと旅立ってしまったので、ダシャは王都に置き去りになっていた。

しかし、一人で王都にいても仕方がないと、急いで公爵領に向かってくれたらしい。この戦いの直前、ようやくラフォン公爵家の本宅にたどり着いたのだ。

自分を置いていったカトリーナに恨《うら》み言《ごと》を言いながらも、即座にこの作戦への参加を決めてくれた。そして今、彼女はカトリーナの世話をしつつ、目の前の惨事《さんじ》を眺めている。

カトリーナの作戦――白いんげんとジャガイモの毒を兵士に盛り、弱らせるという作戦の結末を。

ジャガイモの芽や緑色になった皮には、吐き気や下痢《げり》を引き起こす毒が含まれている。生《なま》の白いんげん豆にも同様の症状を引き起こす毒があるのだ。

カトリーナは前世の記憶にあった情報を活用し、兵士に渡した食料に毒が強い部分を混ぜて、食中毒を引き起こしたのだ。

彼らを殺すつもりはないので、脱水症状を回避できるよう水も渡してある。

その上で、男性の使用人や村人たちに投石させていた。石の大きさは大怪我をするほどのものではないが、地味に痛いし、ダメージになるだろう。

ちなみに彼らが使っているのは、スタッフスリングと呼ばれる投石器。

長い棒の先に石を置く台座があり、遠心力を利用して石を遠くまで投げることができる。現代でいうとラクロスのラケットのようなもので、これがあれば、百五十メートルほど石を飛ばせるのだ。

村人たちは、狩りで普段からスタックスリングを使っていて、扱いに慣れているのだとか。

「それにしても、みんながスタッフスリングを扱えて、本当によかったわ。これがなかったら、安全な場所からの攻撃なんて無理だったもの」

「弓を十分にそろえるには、それなりの資金が必要ですが、石で狩りをしたら経費削減になりますから」

「そうなのね。使用人たちも村の人たちも、一生懸命協力してくれたから、これだけの数を用意できたし……感謝しかないわ」

ここにいる村人は、使用人が声をかけて集まってくれた。自分たちがバルトの役に立てるのならと、大人数が参加を決めてくれたのだ。

「ダシャ。目の前の兵士たちが散っていったら、ここにいる人たちは屋敷や村に戻ってもらって。こうやって離れているからいいけど、直接兵士と戦闘になったら、絶対に勝てないから」

「わかりました。しかし、カトリーナ様はやはり――」

「――ええ。行くわ。砦《とりで》までね」

「しかし大丈夫なのですか!? なぜカトリーナ様が行かなければならないのか、私にはわかりません!」

「だって、これは私が言い出したことなのよ? 最後まで見届けなきゃ、死んでも死にきれないじゃない? それに、バルト様の無事を真っ先に確認したいし……。大丈夫よ。彼女にだって来てもらったんだから」

「それが余計心配なのです」

ダシャが振り向くと、そこには一人の女性が立っていた。

先日、カトリーナと戦った人物――バルトの副官カルラだ。

「この作戦は彼女がいないと成り立たないもの。こうして来てくれているのだし、協力してくれるのよね？」

カトリーナの言葉に、カルラは気まずそうに視線を逸《そ》らした。

ラフォン家の使用人に毒集め――もとい、ジャガイモと白いんげん集めを頼んだあと、カトリーナは、ほかの作戦について考えていた。

本来であれば、バルトに状況を知らせるのが一番手っ取り早い。そう考えてひとまず騎士団に行ったのだが、それは難しいと言われてしまった。バルトは砦《とりで》に籠城《ろうじょう》しているらしく、情報を伝える手段がないそうだ。

あくまで自分たちでなんとかしなければならない。

それがわかった時、偶然出会ったのが、カルラだった。

「カルラ様!?」

「カトリーナ……様」

驚愕《きょうがく》の表情で固まるカルラに、カトリーナはぐわっと目を見開いて詰め寄った。

ここで逃がしてなるものかと、素早く、力強く彼女を捕まえる。

「ど、どどどど、どうしてカルラ様はこちらに!?」

カルラはバルトから命じられた作戦の遂行中で、五十ほどで編成された小部隊でブラエ軍を翻弄《ほんろう》していた。

敵陣の奥への奇襲や、夜間の襲撃、補給部隊への攻撃など、少しでも戦いが有利になればと走り回っていたという。

「それはともかく……団長に王都に行くように言われたのではなかったのですか？」

「あ！　それなのですが――」

カトリーナは慌てて、バルト暗殺計画について伝えた。

すると、カルラは目を見開く。

「まさか！　トラリス家が!?　正気とは思えない！」

「私は王都で直接サーフェ様から、バルト様を殺すと言われました。それに、援軍の野営を盗み聞きしたところ、同じようなことを言っていました。この耳で聞いたので、確かです」

「バルト様の暗殺部隊がいるとわかっていたのに、援軍の野営に接近したのですか!?　どうして貴族令嬢がそんな危ないことを！　あなたがやらなくてもよかったのでは？」

カルラの当然の疑問に、カトリーナは真正面から答える。

「時間がなかったのですもの。それに援軍を追っている時は、頼める相手がいませんでしたから。それよりも、どうにかバルト様にこの件を伝えることはできませんか？」

「無理ですね。私だって、砦《とりで》をああやって囲まれたら、中に入るのは難しいです」

「なら、どうすれば……」

カトリーナは顔をしかめ、うつむいた。

八方塞《ふさ》がりのこの状況で、カトリーナは湧き上がってくる焦燥《しょうそう》感を抑えられない。

どうにかしなければバルトが殺されてしまうかもしれない。

不安が徐々に膨《ふく》れ上がり、全身を包んでいった。

「……私がいます」

ぽつりと、声が聞こえた。

「へ？」

カトリーナが顔を上げると、そこには不機嫌そうに顔をしかめたカルラがいた。

「今の話を聞いて、私たち騎士団の最優先事項は団長を守ることだと考えました。ですが、私たちだけでは難しいかもしれません。……ですから、誠に不本意ですが、できれば避けたいことですが……公爵家と協力したほうが成功の可能性が上がると思えば、協力するのもやぶさかではありません」

「本当に!?」

渡りに船とはこのことだ。

先日のことがあったし、任務の最中だという話だったから、まさか協力してくれるとは思わなかった。

カトリーナはカルラの手を握り、満面の笑みを浮かべる。

しかしすぐさま、カルラに手を払われてしまった。

「私は今でもあなたが嫌いです。ですが、私は団長の副官。広い視野を持ち、心を冷静に保てば、きっと団長を救うことができる。そんなようなことを言ったのは、あなたではなかったですか？」

ぶっきらぼうな態度ながらも、カルラの頬は少しだけ赤く染まっていた。


そこから、カトリーナとカルラはすぐに動き出した。

カルラたちは、援軍の動きを逐一カトリーナに報告してくれた。ほどなくして援軍はラフォン公爵領に到着し、カトリーナは毒入りの差し入れを渡した。

そして、毒で行動不能になっているトラリス家の兵を横目に、カルラたちは人知れず純粋な援軍に声をかけていった。

『トラリス家は暗殺を企《くわだ》てている。戦場から人手を割《さ》けないため最小限の人手で撃破したい。協力してほしい』

『騎士として恥ずべき企《たくら》みをしているトラリス家の兵にかまけている暇はない。一刻も早く戦場に行って、バルトたちを支えてほしい』

数人、または数十人の集団に声をかけていったカルラたち。

暗黒の騎士の副官として王都でも知られている彼女は信用があり、説得は容易だった。

純粋な援軍は、トラリス家の兵からこっそり離れてくれた。

そうして、孤立したトラリスの兵を、ラフォン家の使用人と村人が襲撃し――

今に至るというわけだ。

カトリーナとカルラたちはこれから、逃げていったトラリス家の残党を捕縛しに行く予定である。

「じゃあ、準備はできたかしら？　早くしないと先を越されてしまうから」

「あなたに言われなくても行きますよ。いちいちうるさい人ですね」

未来の公爵夫人に対してカルラの態度は失礼極まりないが、カトリーナは気にせず笑い飛ばす。

「あなた、そんなことを人前で言ったら、とんでもないことになるわよ？　でも二人の時なら、かまわないわ。あなたがバルト様を大切に思っているって、信用しているから。絶対に——助けるわよ」

そこからは言葉など必要なかった。

カトリーナはカルラが操る騎馬に乗ると、颯爽《さっそう》とトラリス伯爵家の兵を追う。

しかし、カルラが選ぶ道はなんだか妙だった。

右往左往しながら遠回りをしているのだ。カトリーナは最初、気のせいかと思ったが、何度目かとなる分岐点を見て、間違いないと確信する。

「カルラ様！　どうしてまっすぐ砦《とりで》に向かわないのですか!?」

「散り散りになった残党が、任務を遂行し続ける可能性は低いかと。まずは、みんなで集まることを最優先とするはず。ですから、目印になるような場所や、砦《とりで》の様子をうかがえて集まりやすい場所を確認していきます！」

カルラの言葉は理にかなったものだった。

突然の襲撃により散ってしまった面々だとしても、単独行動はおそらくとらない。カルラの言う通り、まずは集まって次の機会をうかがうに違いない。

しかし、カトリーナはなぜか胸に引っかかるものがあるのだ。

それがどうして生じているのか、今の彼女には判断できない。

もしかして、単にバルトに会いたいという想いが、そうさせているのかもしれない。

初めての襲撃。戦場という慣れない環境。そして、想い人の命の危険。

急激なストレスにより冷静な判断力を失っていると自覚していたカトリーナは、ひとまずカルラに従《したが》うことにした。

だが数分後、やはり焦燥《しょうそう》を抑えきれずに、カルラに声をかけた。

「ねぇ、カルラ様」

「なんですか⁉」

「砦《とりで》の近くで近づいてきた残党を捕獲する、というのは難しいのですか？」

「それは……近くで待ち伏せするということですか？　そうしますと、残党に集まる時間を与えてしまいますが……」

カトリーナは返答を聞いて口をつぐんだ。

「ごめんなさい、それはよくないわね。ちょっと焦ってて」

「いえ。仕方がないかと……ですが、一応確認しておきます」

カルラはそう言うと、片目をつぶる。

すると、その表情が徐々に険《けわ》しくなった。

「いけない！　すぐに砦《とりで》に向かいます！　カトリーナ様、捕まっていてくださいませ‼」

「どうしたの⁉　何が――」

「カトリーナ様に言ってはいませんでしたが、私は魔法が使えます。自分の視界を飛ばす魔法を使うことができるんです……消耗《しょうもう》を気にして最小限にしたのが仇《あだ》になりました！」

「視界を飛ばす、ですか？」

「はい。今、砦《とりで》周辺を空から見渡したら、トラリス家の兵十数名がまっすぐ砦《とりで》に向かうのが確認できました！　まさか砦《とりで》に直接向かうとは思わず、申し訳ありません！　――行くぞ！　お前たち！」

カルラの指示で、馬は風のように駆ける。

カトリーナの心臓は、ばくばくと早鐘《はやがね》を打つ。

（――バルト様！　無事でいて！）

心の中で叫びながら、カトリーナは祈るように目をつぶった。


景色は驚きの速さで流れていく。

木の隙間から見える砦《とりで》が、徐々に近づいてきた。

森を抜けると、そこは平原。

砦《とりで》の前で、幾千もの兵士が動き回っていた。

カトリーナはあたりを見回す。

（――いた）

かなり遠く、人混みの中でちらりと見えただけだが、そこには確かにバルトがいた。

会えない期間はそれほど長くなかったのに、こんなにも懐《なつ》かしい気持ちになるのはどうしてだろう。

鋭《するど》い瞳、凛々《りり》しい眉。美しいその顔が、今はひどく歪《ゆが》んでいた。

戦場にたった一人で、彼は孤軍奮闘《こぐんふんとう》しているのだ。


今すぐ手を伸ばしたい。

そばに行きたい。


そんな思いで、胸がいっぱいになる。じれったくてたまらない。

カトリーナは声を上げようとして――固まった。

左前方から、ストラリア国の旗を掲《かか》げた騎馬が見える。その先頭には見覚えのある男がいた。

トラリス家の兵で、イヴォと名乗った者だ。

バルトは彼らに気づき、喜びの声をかけたが、彼らは剣を抜いてバルトに向かっていった。

「――団長！　敵です！　彼らは味方じゃない！」

カルラの言葉が戦場に響き、バルトもトラリス家の者たちもこちらを見た。

そして次の瞬間、トラリス家の兵たちはバルトに斬《き》りかかる。

「バルト様!!」

カトリーナは必死に叫ぶ。

トラリス家の面々は疲労困憊《こんぱい》な上に食中毒で弱っているが、バルトも見るからに満身創痍《まんしんそうい》だった。

彼はたった一人で敵陣の真ん中にいたのだ。尋常ではない人の波に押されながら、それでも生きている。

明らかにトラリス家の面々よりもつらそうだ。

彼がぐらりとよろめくのを見て、カトリーナは息が止まりそうになる。

「恨《うら》みはないが！　死ね、バルト殿!!」

イヴォが叫ぶのが聞こえた。

集団からバルトに向かって飛び出る騎馬がいる。それにイヴォが乗っていた。

たった一人で立ち尽くすバルトと、馬に乗っているイヴォ。明らかにバルトの分《ぶ》が悪い。

「バルト様――っ！」

思わず馬の上で立ち上がろうとしたカトリーナは、突如《とつじょ》として浮遊感に襲われ、そのまま馬から落ちた。

「嘘っ――！」

「カトリーナ様、すまない！」

カルラは叫んだが、止まらない。

カトリーナは地面に叩きつけられながらも、バルトから視線を離さなかった。

手を伸ばしても決して届かない距離。

そんな距離でも、空気を切り裂く斬撃《ざんげき》の音が聞こえる。

バルトは反応できず、地面に倒れてしまう。

まさに、彼が斬《き》られてしまうと思われた、その時——

「させるか!!」

間一髪で割って入ったのは、カルラだ。

彼女は騎馬に乗ったままイヴォの一閃《いっせん》を受け止める。

「トラリス家の騎士団長ともあろう者が！　暗殺を企《くわだ》てるとは何事か！」

「はっ、世迷言《よまいごと》を。そんなことするはずがないだろう」

「たった今自分がしたことを忘れたか！　貴様に、騎士の誇りはないのか！　恥を知れ！」

「平民上がりに、騎士のなんたるかがわかるのか？　お前に、俺の気持ちが、わかってたまるかあ
あ!!」

イヴォの重い一撃が、カルラに襲いかかる。

しかしカルラも負けじと攻撃した。

一閃《いっせん》、二閃《にせん》と交わるうちに、二人は肩で息をしはじめる。

「引く気はないのか？」

「私がみすみす団長を殺させるとでも？」

互いに平行線の二人。

肉体が限界を超えても、譲《ゆず》れないもののために、二人はぶつかり合った。

カルラとイヴォの激戦の最中《さなか》、死屍累々《ししるいるい》のトラリス家とカルラとともにいた少数のラフォン家の騎士も剣を交える。ラフォン家の騎士たちの奮闘により、トラリス家の刃はバルトへは届かない。すでに戦場は混乱の極致だ。

みんなが戦っている中央ではイヴォとカルラがいまだに剣を交わらせている。

しかも、敵国ブラエから見れば、こちらは味方同士で戦っているのだ。

ブラエ王国軍はこれを勝機と捉《とら》えたのだろう、砦《とりで》に向かってきていた。

みんなが守っているとはいえ、バルトは倒れたまま。このままではいつ殺されてもおかしくない。

カトリーナは全身が痛む中、必死で立ち上がると、バルトに向かって走った。

地面で崩れ落ちている彼のもとへ、なんとかたどり着く。

「バルト様！　大丈夫ですか!?　プリーニオが持たせてくれた魔法薬です！　さぁ、のんでください！」

カトリーナが抱きかかえると、バルトはうっすらと目を開けた。普段と比べると信じられないほどに力がない。

虚《うつ》ろな様子で、バルトは魔法薬をのみ干す。それは体力を回復させる魔法がこめられた薬だ。

薬が効いたのか、彼の目にやや力が戻った。ぐったりとしていた手が、カトリーナの手を握る。

涙を潤《うる》ませているカトリーナを、バルトは信じられないものを見るような目で見つめた。

「なぜ……こんなところに」

「決まっています。バルト様を助けにきました」

「だが、君は王都へ――」

「もちろん行きましたよ？　そこで公爵夫人としての義務を果たすために頑張ろうと思ったんですけど……。でも、あなたが危険だと聞いて、いてもたってもいられなくて……。だから帰ってきました。言いつけを守らず、すみません」

「いや、それはいいんだが、なぜ……」

カトリーナの言っていることが理解できないのだろう。バルトは釈然《しゃくぜん》としないという顔でつぶやく。

そんな視線を向けられ、カトリーナは思わず笑ってしまう。

自分はなんの変哲もない貧乏な貴族令嬢だ。

戦う力も何もなければ、そうしなければならない義務もない。

あくまで守られるべき女性。

彼はそう思っているのだろう。

そんなバルトの頬に、カトリーナはそっと手を添えた。

「なぜって、バルト様を助けにきたんです。聞いていなかったんですか？」

「い、いや、そうじゃない……。こんな戦場に、君のような令嬢が――」

そうこぼしたバルトの表情は、不安げで、自信がなさそうだ。

カトリーナは思わず彼の顔を両手でぱちんと挟んだ。

「暗黒の騎士がなんて顔してるんですか。なんで助けにきたのかなんて、決まっています。バルト様にいなくなってほしくないからですよ？」

カトリーナの言葉を聞いて、バルトはますます顔をしかめる。

「まだどうしてって顔をしてますね？　そんなことを言ってる場合じゃないし、恥ずかしくて言えない……あ、まだわかっていないのですね？」

彼はどうしてこんなにも鈍感なんだろう。

カトリーナは少しだけむっとした。

「出会って一週間くらいしてから、私たち、勝負を始めましたよね？　あの勝負を通して、私はバルト様のことをいっぱい知ったんです」

彼女は必死に、想いの限りを込めて言葉を紡《つむ》ぐ。

バルトはいまだにキョトンとしながらも、自分の顔を挟んでいるカトリーナの手をそっと握った。

それはまるで縋《すが》るような、期待するような仕草だ。

「バルト様のいいところ、いっぱい見つけちゃいました。花が好きで、花を扱う手つきがとても優しいこと。虫が好きで、ちょっと子供っぽいところ……」

きっと、彼の中にいる義理の父親には、カトリーナは一生敵《かな》わないだろう。

先代の公爵を失った心の隙間は、カトリーナでは埋められない領域だ。

だが彼女は、バルトの心に空《あ》いた部分を埋め、孤独から逃《のが》れたいという想いを叶えてあげたいと、心から願っている。

「実は使用人や領民に優しいところとか、甘党なところとか、いっぱい、見つけちゃったんですから」

今も、バルトの顔を見ていると、その肌に触れていると、心が熱を持つ。

なぜか彼の瞳も潤《うる》んでいく。

それを見て、カトリーナの胸の中にさらに愛おしさが湧き出てきた。

とめどなく。

あふれんばかりに。

「そんなところをいっぱい知っていったら、私、気づいちゃったんです。だから、なぜってことの答えになっていると思うんですけど……私、バルト様のこと――」

言葉に詰まったその時――カトリーナの視界の端に、とあるものが映った。

彼女はとっさに立ち上がり、バルトをかばうように前に躍《おど》り出る。

そこには傷だらけの兵士が剣を振りかぶって立っていた。

考えたわけじゃない。

反射的に、バルトを守るために立ち上がっていた。

きっと、カルラたちをすり抜けてやってきた、ブラエ軍の兵士なのだろう。

カトリーナは振り下ろされる剣をぼんやり見つめながら、両腕をいっぱいに広げた。

愛する彼を守る。

今、自分はそのためにいるのだから。

——どん。


体を襲う衝撃。

下を向くと、剣が自分の体に刺さっているのが見える。

途端に体に力が入らなくなり、カトリーナは膝から崩れながらもバルトを振り向いた。

彼は今まで見たこともないほど目を見開き、顔を歪《ゆが》ませていた。

「カトリーナあああぁぁぁぁぁ！！！」

その叫び声は戦場に轟《とどろ》き、地面を揺らし、人々の心を震え上がらせた。

バルトは眉を吊り上げ、カトリーナを斬《き》った兵を力任せに殴り飛ばす。

そして、カトリーナを抱き上げる。

「おい、大丈夫か⁉　おい！」

バルトは、必死になって叫んでいる。

「おい！　どうして、俺なんかを！　かばうなんて！　どうして！」

（ふふ。まだそうやって聞いてくるなんて、どれだけ鈍《にぶ》いの？）

鈍感の権化のような言葉に、カトリーナは笑う。

しかし頬が力なく緩《ゆる》むくらいのものだ。

重い瞼《まぶた》を必死でこじ開けると、そこには泣きそうになっているバルトがいた。

「……バルト様」

「気づいたか！　よし！　すぐに救護班に行くぞ！　少し揺れるが我慢しろ！」

立ち上がろうとしたバルトに、カトリーナは力ない笑みを浮かべた。

「ふふ……何を言ってるんですか。……あなたがここからいなくなったら、だめじゃないですか。ちゃんとしきをとらないと、だんちょ……どの？」

カトリーナは呂律《ろれつ》が回らなくなっている。

しかし、こうやって話すのは久しぶりだから、たくさん話したい。

「何を言っている！　いいから、行く――、おい！　目をつぶるんじゃない！　しっかり目を開けるんだ！」

（あんまり揺らすとくらくらするよ、バルト様。女の子はもっと優しく扱ってくれなきゃ）

そんな軽口を叩きたかったが、口を開くのもつらかった。

同時に、お腹のあたりから背中にかけて、生ぬるいものを感じる。

どうにも不快だったが、だんだんと感覚もなくなってきた。

なんとか目を開けてバルトを見ると、彼は自身の手を見て顔を引きつらせている。その手が赤いのは、誰かの血だろうか。

急激に冷えていく体と、強烈に襲ってくる眠気。

それに抗《あらが》えず、カトリーナはゆっくりと目をつぶる。

「ごめんなさい……なんだか、ねむくて。でも、ちょっと……くらいならいいよね？　わたし、がんばった、から」

「寝るな！　おい、起きるんだ！　わかるか⁉　おい、おいっ‼」

だんだんと腕の中で脱力していくカトリーナに、バルトは狼狽《ろうばい》した。

一瞬眠気が晴れた彼女は、少し前のことを思い出し、言葉を紡《つむ》ぐ。

「あ……さっきのつづきですけど、もうほんとにねむいから、あとでもいいですか？」

「いいから俺の話を聞くんだ！　目を開けて気をしっかり持て！　聞こえているか⁉」

「あぁ、でも、あとだとしまらないから、やっぱり……、ねぇ、バルトさま………わたし、バルトさまのこと――」

「もう、しゃべるんじゃない！　今は、カルラが食い止めてくれている！　だからすぐに！」

その時、ずるりと腕が落ちる。

（――好きです）

その言葉は、音にならなかった。

◆

先代のラフォン公爵、つまりバルトの義父《ちち》の時もそうだった。

バルトは何もできなかった。

愛する義父《ちち》が息を引き取るその瞬間も、彼は何もできなかったのだ。

だからこそ、騎士になった。

義父《ちち》が残したあの場所を——大事な庭園を守るために。

バルトは思う。

また失うのか。

また、自分は何もできずに失うのだろうか。

自分なんかのために、笑いかけてくれて、くだらない自分の想いも理解しようとしてくれて、命をかけて守ろうとしてくれた。

そんなカトリーナを、自分は失うのか。

自然とあふれ出る涙。

そして、その時に気づく。

(——あぁ、俺は、カトリーナを失いたくないのだな)

遅すぎる自覚。

もっと前から生まれていたその気持ちを、ようやくバルトは理解できた。

一緒にいると、胸が締めつけられるような、どこか心地いいような、そんな気持ちがなんなのか。

「団長!! 大丈夫ですか!? だん——」

トラリス家の兵を食い止めてくれていたカルラが、バルトに近づいてきて言葉を失った。

「団長……それ、魔力——」

その言葉を聞いて視線を落とすと、カトリーナの血で赤く染まったバルトの両手から、何かが迸《ほとばし》っていた。

バルトはカトリーナを見たまま、カルラに話しかける。

「カルラ」

「は、はい！」

「カトリーナを頼む。すぐに救護班のところに連れていけ」

「だ……団長は？」

その問いかけには、答えない。

バルトはカルラをまっすぐ見る。その眼差《まなざ》しから、彼女はすべてを悟《さと》ったのだろう。

尋常ではない怒《いか》りが、バルトを包んでいた。

カルラにカトリーナを受け渡すと、バルトはたった一人でブラエ軍に向かっていく。

怒《いか》りと悲しみの雄叫《おたけ》びを上げながら。


たった一人で、彼はすべてを薙《な》ぎ払った。

◆

厳《おごそ》かな雰囲気の空間に、王族や貴族が整然と並んでいた。

だが、暗い空気はない。そこにいる面々の表情は、晴れ晴れとしている。

ここは、ストラリア王城にある謁見《えっけん》の間《ま》。

ストラリア王国とブラエ王国との戦いが終結を迎えたため、この戦《いくさ》の関係者の中でも重要人物が集められたのだ。

そして、みんながストラリア国王を待っていた。

この場には、こたびの戦場で活躍したラフォン家の騎士や、援軍を都合した貴族——トラリス家の面々もいた。

こういったことはなかなか珍しく、一同は浮足《うきあし》立っているようだ。

しばらくすると、国王がやってくる。

これでようやく終わるのだ。

ストラリア国王がブラエ王国との話し合いの結果を伝え、やっと戦争が終わる。

そんな心持ちで、みんなは王の動向を見守っていた。

「皆の者。よく集まってくれた。今回皆を集めたのは、ほかでもない。ブラエ王国との戦争の終結をここに宣言しよう」

そして、終焉《しゅうえん》の条件が告げられた。

ブラエ王国の捕虜《ほりょ》たちは身代金と引き換えに返すこと。

ブラエ王国がストラリア王国に攻め入った賠償金を受け取ること。

互いに、決められた期間は攻め入らないことを、書面にて取り交わしたこと。

——結論から言うと、ストラリア王国の大勝利というわけだ。

ブラエ軍の六千と、援軍を入れたとしてもストラリア王国の二千足らず。

この逆境をはねのけたのだ、勝利と言わずしてなんと言うのか。

同時に、その大勝利をつかんだバルト・ラフォンに、貴族たちは以前より一層の畏怖《いふ》を感じているようだ。

「そして……この戦争の勝利の立役者と言われているバルト・ラフォンよ。前へ」

「は」

バルトはいつも通り、黒い鎧《よろい》に身を包んでいた。

できる限り落ち着こうと心がける。国王と会う機会はそれほどないので、緊張するのは確かだった。

そして、彼は数歩前に出て跪《ひざまず》いた。

「聞いたところによると、そなたは砦《とりで》に攻め入られていたにもかかわらず、ブラエ軍を撃退したと。どうやったのだ？　報告だけでは要領がつかめなくてな」

その問いかけにバルトは一瞬困惑した。

普通ならば、ここで宰相が褒賞を読み上げて終わる。

こうして直接問いかけられることなど異例だ。

しかし動揺を押し込め、口を開いた。

「は。まずは、国境付近の砦《とりで》に籠城《ろうじょう》して戦うことを決めました。しばらくはそのまま戦っていたのですが、砦《とりで》に攻め込まれそうになった時、我《わ》が軍の精鋭たちとともに直接打って出たのです。そのまま、ブラエ軍を撃退し、彼らは退却してきました」

「うむ。おおむね報告通りだが……捕虜《ほりょ》の話では、黒い鎧《よろい》をまとった男が、一振りで数十人を吹き飛ばし、襲いかかってきたとあったのだが？」

どう答えようか迷うバルトの後ろから、副官であるエミリオが頭を下げながら口を開いた。

「陛下。失礼ながら、バルト・ラフォン公爵の代わりに、副官であるエミリオ・エクスデーロからご説明させていただいてもよろしいでしょうか？」

エミリオを値踏みするように眺める王に、宰相がそっと耳打ちをする。

「うむ。エミリオというと、エクスデーロ伯爵家の三男であったな。かまわん、許そう」

「は。まず、団長と精鋭たちで、砦《とりで》に攻め入ったブラエ軍に立ち向かいました。数十名でしたが、攻め入ってくる雑兵程度では相手にならず、すぐさま押し返すことに成功します。しかし、ここでブラエ軍も切り札を使ったのでしょう。おそらくは魔法と思われる激流のようなものが、私たちを襲いました。そして、私も含めてほとんどのものがその津波にのみ込まれ流されましたが、団長だけはその場に残ったのです。そのまま孤軍奮闘《こぐんふんとう》した団長は、魔法に目覚め、すさまじい勢いで敵を薙《な》ぎ払いました。団長は、たった一人で千を超えるブラエ軍を戦闘不能にしたのです。以上でご報告となります」

一気に話し終えると、エミリオは静かに一歩下がった。

彼の話を聞いて、貴族たちはざわめく。

国王は何度か頷《うなず》くと、宰相を呼び寄せ、何かを受け取った。

「うむ。やはり、バルト・ラフォンの活躍はすさまじい。地方騎士団の団長に収まる器《うつわ》ではないのだろうな……。バルト・ラフォンよ。顔を上げよ」

「は」

「そなたには、報奨金、中央軍への就任、そして――」

国王はバルトにあるものを差し出した。

「この勲章《くんしょう》を授《さず》けよう。そして、これからは黒獅子《くろじし》と名乗るがよい。暗黒の騎士などという二つ名は今、後一切口にすることを禁ずる。そなたは黒獅子《くろじし》のバルトだ。この国の英雄として、これからも我《わ》が国を支えてくれ」

「は、ありがたき幸せにございます」

バルトはどこか居心地の悪さを感じながらエミリオを見ると、彼は得意気な顔をしている。

これで名実ともに、バルトは認められたのだ。

輝かしい戦歴に、国王からのお墨付き。

もう以前のように、暗黒の騎士などと揶揄《やゆ》されることはない。

バルトがつかみ取ったその結果に、エミリオは今にも小躍《こおど》りしはじめそうなほど、うれしそうだった。

その後は、貴族位のある者へ順々に褒賞が与えられていく。

そして終盤に差しかかった頃、トラリス家の名が呼ばれた。

「サーフェ・トラリスよ、前へ」

「は！」

戦争終結から本日までの間に、トラリス家当主は引退し、サーフェにすべてを譲《ゆず》った。

サーフェはそれを心の底から喜び、今回の画策が評価されたものだと思っていた。

(あの男の暗殺は失敗したが、援軍のおかげで勝利したようなものだからな。俺ももしかしたら受勲《じゅくん》や陞爵《しょうしゃく》がありえるかもしれない)

なぜだか、そそくさと地方へ隠居してしまった父親を妙に思ったが、トラリス家はもう自分のものである。

トラリス家を守《も》り立てていくために、この戦争での評価は重要なものになるだろう。

当主となった今、自分に妻がいないのは体裁《ていさい》が悪い。早くアンシェラとの結婚話を進めないと。

そんなことを考えながら、サーフェの顔がにやけていく。

だが、さすがに陛下の前で緩《ゆる》んだ顔を見せられない。

そう自分に言い聞かせてサーフェは表情を引き締め、頭を下げた。

「サーフェ・トラリスよ。そなたには――伯爵位の剥奪《はくだつ》、全財産の没収、無期限の強制労働を命じる」

その言葉に、サーフェは思わず顔を上げた。

「なぜ私が⁉　援軍を指揮したのは我《わ》がトラリス家なのですよ⁉」

思わず前のめりになりながら立ち上がるサーフェを、国王の前に立っていた騎士がすかさず取り押さえる。

サーフェからくぐもった声が漏れ出た。

「ぐぅっ――なぜ、こんな仕打ちを！」

「なぜ、だと？　それはそなたが一番わかっているのではないか？」

「なんのことですか――⁉」

騒ぐサーフェを、周囲の面々は冷めた様子で眺めている。

小さく嘆息して、国王は口を閉ざした。

代わりとばかりに、隣に立っていた宰相があきれた様子で口を開く。

「サーフェ・トラリス。お前は我《わ》が国の英雄であるバルト殿を暗殺しようとしたな？　ストラリア王国で志《こころざし》を同じくする騎士を暗殺するなど、国王に反逆しているのと同罪だ」

「そんなこと、私はしておりません！　どうしてそのような話に！」

思わず否定したサーフェだが、宰相は顔を歪《ゆが》めただけでサーフェには視線を向けない。

「証人がいる。通せ」

宰相の言葉で、謁見《えっけん》の間《ま》の入り口が開かれる。

するとそこからは傷だらけの男が通された。両腕は縛られているが、抵抗する力も残っていないのだろう。

サーフェはその男に見覚えがあった。イヴォである。

イヴォに向かって、宰相は淡々とした口調で問いかける。

「お前はトラリス家の騎士団長であったと聞いている。確かか？」

「はい。その通りでございます」

「そうか。では、お前がサーフェ・トラリスから命じられたことを言え」

「はい。私はこのサーフェ・トラリスに長年仕《つか》えておりました。そして、国境付近での戦いが始まるときに言われたのです――バルト様を殺せと」

イヴォの言葉に慌て、サーフェは声を上げた。

「嘘だ！　嘘だ嘘だ嘘だ嘘だ嘘だっ‼　俺は、こんなやつなんて知らない！　見たこともない！　そこのお前！　適当なことを言うなぁ！」

「そう言っているが、どうだ？」

イヴォはサーフェを一瞥《いちべつ》するとすぐに瞑目《めいもく》し、諦《あきら》めたようにそっと言った。

「私は嘘を言っておりません。あの男に命じられてやったこと。それ以外に語ることはありません」

「そうか。わかった。下がってよい」

イヴォは騎士に連れられ、謁見《えっけん》の間《ま》から出ていった。

残されたサーフェは、狼狽《ろうばい》しながら言葉を重ねていく。

「宰相殿！　あのような虚言《きょげん》を信じるおつもりか!?　どこの馬の骨ともわからない男の話を！　私は、父からトラリス家を引き継ぎ、そして陛下のために尽くそうと考えているのです！　どうか、どうか正しいご判断を！」

「そうか……。では、トラリス家に仕《つか》えていた騎士全員が同じことを言っているとしても、まだ否定するのか？」

「な――」

サーフェは愕然《がくぜん》とする。

まさか、イヴォだけでなく、全員が裏切ったというのか。あれだけよくしてやったのに。

そんな思いが膨《ふく》れ上がっていく。

そして徐々に憎《にく》しみが増し、彼の表情に現れた。

「それに、多くの者が聞いている。先日の夜会にて、お前がバルト殿を殺すと叫んでいたことをな」

「まさか、そんな！」

サーフェはさらに驚きを重ねた。

先日の夜会に来ていた者には、金銭を渡し、口止めをしておいたのだ。

それにもかかわらず、宰相に話が伝わっていることが信じられなかった。

自分に仕《つか》えていた騎士や、今まで自分に頭を下げていた貴族。自分よりも下の者が自分を裏切ったという事実に、サーフェは顔を歪《ゆが》める。

どうしてこうなった？

どうして自分は謁見《えっけん》の間《ま》で取り押さえられている？

目の前で起こっている現実を受け入れられず、必死にもがく。

しかし、当然のことながら騎士たちの拘束から逃《のが》れられない。

どうすればいい？　どうすれば——

必死で脳を回転させるものの、いい案は生まれない。

だが、サーフェはとあることを思い出した。それは、今の婚約者であるアンシェラの言葉。

彼女は確かに言っていた。戦争が終わったら、カトリーナにすべてを擦りつけて、罪を着せようと。

「陛下！　陛下ぁ！　私は何もしておりません！　陛下への忠誠も決して蔑《ないがし》ろにしておりません！　きっと誰かが私をはめたのです！　私に恨《うら》みのある者が、きっと！　きっとぉ！」

悲痛な叫びに国王も宰相も顔を歪《ゆが》める。

これは同情を誘えそうだ。

サーフェは適当な出まかせを口から吐き出した。

「そうです！　きっと、かつての私の婚約者、カトリーナ・リクライネンがすべてを画策したのです！　彼女は私に捨てられ、私を恨《うら》んでいます！　そして、バルト殿の領地に行った際にバルト殿の暗殺を企《くわだ》て、私に罪をなすりつけた！　そうに違いありません！　陛下！　宰相殿！　あの女を！　私ではなくあの女を裁《さば》いてください！　どうか！　どうか！」

サーフェは助かりたいがあまり、アンシェラの言葉に縋《すが》る。

当然のことながら、まったく論理的ではない主張だ。

普段の彼でさえ、こじつけだと断ずるであろう程度の虚言《きょげん》である。

しかし、彼はそんなことにも気づかずに、声を上げ続けた。

今、この場にいる誰もが、サーフェを白い目で眺める。

その時、謁見《えっけん》の間《ま》の扉が開かれる。

なぜ今――

そう思い、サーフェが振り返ると、そこには見慣れた人が立っていた。

何度も言葉を交わした令嬢。

カトリーナ・リクライネンがそこにいたのだった。

◆

カトリーナはゆっくりと中に入ると、国王に向かって膝を折る。

そんな彼女に向かって、宰相は淡々と声をかけた。

「カトリーナ・リクライネン。お前も証人の一人ということだが……まぁいい。話を聞こうか」

話を振られた彼女は、落ち着いて受け答えをする。

「はい。私が夜会で言われたことは、バルト様を殺すという言葉でした。その言葉を聞き、急いで公爵領に帰りましたが、その道中でトラリス家の兵士がバルト様の暗殺について話し合っているのをたまたま聞いたのです。もちろん、トラリス家の兵士は無理やりやらされていたようで、不満をこぼしておりました。戦場では、トラリス家の兵士は一目散にバルト様に向かっていき、斬《き》りかかりました。その場にいたラフォン家の騎士たちが守らなければ、バルト様の命はなかったかもしれません」

静かに答える彼女とは裏腹に、サーフェは取り乱しながら叫ぶ。

「ふざけるな、カトリーナぁ！　そんな妄言《もうげん》を陛下に伝えるなど、失礼極まりないと思わないのか！　陛下！　こんな女の戯言《たわごと》など耳にせず、どうか！　私の話を聞いてください！」

謁見《えっけん》の間《ま》に響き渡るサーフェの声。その声は、醜《みにく》く哀《あわ》れだ。

宰相などは、あからさまにため息をつきながら頭を抱えている。

その気持ちはもっともだ。

トラリス家が暗殺を企《くわだ》てたという事実は、もう揺るぎないものになっている。

実行犯であるイヴォの自供。

夜会での言葉を聞いた貴族の証言。

そして、カトリーナの証言。

ここまで状況証拠がそろっていて否認し続けるなど、心証を悪くする一方だ。

実際、国王も宰相もあきれ果てて言葉もでない。

だが、サーフェはいまだに自分がこの場を切り抜けられるかもしれないと、信じているようである。その姿が妙に滑稽《こっけい》だった。

すでに、この場にはトラリス家を擁護《ようご》する者などいない。

それがわかっているだろう宰相が、口を開いた。

「もういい。そいつを牢獄《ろうごく》へ連れて――」

「待ってください」

宰相の言葉を遮《さえぎ》ったのはカトリーナだ。

彼女は、微笑みを浮かべながら宰相に視線を向ける。

「少し、時間をいただけませんか？」

「なんのためにだ？　もう大分長くなっているのだが……」

「そうお手間はとらせませんから。少し、この方に言いたいことがあるのです」

そう言うと、カトリーナは立ち上がり、サーフェに向き直った。

そして、彼の前にしゃがみ込むと、じっと瞳を見つめる。それは優しく、婚約者だった頃のような視線に近い。

サーフェは、その視線に驚いているようだった。

「……サーフェ様」

「カトリーナ。早く証言を取り下げるんだ。でないとトラリス家は没落して、俺はとてつもなく困ることになる。そうだ、こういうのはどうだ？　アンシェラは愛人にして、お前を妻にしよう。そうすれば、丸く収まる。どうだ？　悪い話じゃないだろう？　そして三人で幸せに暮らそう。さぁ！」

婚約者であったサーフェは、以前と同じような笑みを浮かべる。

しかしカトリーナは、その様子に嫌悪感しか抱かなかった。

彼のあまりの滑稽《こっけい》さに、思わず笑みを漏らしてしまう。

「サーフェ様は変わっておりませんね」

「む？」

「サーフェ様はあの時のまま……出会った頃のあの時も今も、ずっとその心は変わっていないのですね」

二人の視線が交わる。

「私は出会った時から、あることを思っておりました。それは、あなたに婚約を破棄される時までずっと思っていたのです」

「カ、カトリーナ」

サーフェの両目が涙で潤《うる》む。

その涙は何を期待したものかわからないが、明らかに空気が読めていない。

サーフェとは裏腹に、カトリーナは自分の気持ちがどんどんと冷たくなっていくのを自覚した。

もしかしたら彼は、いまだにカトリーナが自分を好きなのだと勘違いしているのだろうか。

さすがにそこまで頭の中がお花畑ではないといいのだけど。

そう思いながら、カトリーナは言葉を続けた。

「ですからサーフェ様、私の心からの思い、聞いてくださいませ」

カトリーナはそう言うと、サーフェの耳元に顔を近づける。そしてそっと告げた。

まるで吐息のような言葉を、そっと――

「――本当にくだらない。だから、あなたはだめなんですよ？　いつまでも甘ったれて赤ちゃんみたいなサーフェ様」

突然の暴言に、サーフェは呆けることしかできない。

彼の耳元でささやいているので、周囲には聞こえていない。

カトリーナはにんまりと口角を上げた。

「いい加減、自覚したらどうですか？　暗殺なんて大それたことができる器《うつわ》じゃなかったんですよ。別の女にかまけて婚約者を裏切る程度には最低で、暗殺なんて企《くわだ》てるくらいには浅はかで、こうしてこの場で見苦しく叫ぶほど思慮が足りず、未熟なあなた……サーフェ様。本当にあなたは、昔から変わっていませんね。成長がまったく見えません」

動揺か、怒《いか》りか、混乱か。

どんな感情を抱《いだ》いているのかわからないが、サーフェはふるふると体を震わせている。

「あなたが何を言おうとも、何も変わりません。トラリス家のご当主には話し合いで隠居していただきましたし、夜会にいた方へも根回しは済んでいます。当然、騎士団長であったイヴォ様にもご協力していただいていますから、あなたには味方はいません。私も含めてですけどね」

「まさかっ——」

何かを言おうとしたサーフェの口を、カトリーナはすかさず手のひらで塞《ふさ》ぐ。

くぐもった声しか出ないサーフェは、体を必死でよじった。

「おわかりですか？　今日、この日が来るまでにすべて終わっているんです。あなたは貴族ではなくなり、財産も失い、未来さえない。ですが、感謝してほしいものですよ？　暗殺未遂のせいで殺されかけた私が、あなたの命を取らないでほしいと頼んだから、処刑されずに済むのです。さぁ、生きて、罪を償《つぐな》ってくださいませ」

「んー！　んーーっ!!」

「アンシェラもあなたの屋敷からすでに逃げ去っていました。寂しいものですね。ラフォン家の騎士が追っているのでじきに見つかるでしょうが、婚約者にさえ見捨てられた気持ちはどうでしょうか？　私の悲しい気持ち、わかりましたか？」

カトリーナはパッとサーフェから手を離すと立ち上がり、一歩下がって礼をする。

サーフェは怒《いか》りの形相で呪詛《じゅそ》を吐き出した。

「この女！　絶対に殺してやる！　俺のこの手で、お前を殺してやるからなぁ！！！」

カトリーナはその言葉を聞いて、にっこりと笑みを浮かべた。

「決してもう私たちの人生が交わることはないでしょう……。心からあなたの幸せを祈っております。では、ごきげんよう」

そう言ってカトリーナは踵《きびす》を返すと、国王陛下に礼をする。

そして、颯爽《さっそう》と謁見《えっけん》の間《ま》から出た。
後ろからは、いまだにサーフェの叫び声が聞こえる。
二人の進む先は異なる。
カトリーナは光ある未来へ。
サーフェは暗く、じめっとした牢獄《ろうごく》へ。
二人の未来の明暗は、文字通り分かれていた。
「あー、すっきりした!!」
カトリーナは伸びをしながら、騎士に連れられて城を出たのだった。

第六章　互いの気持ち

謁見《えっけん》の間《ま》で、サーフェに引導を叩きつけたカトリーナ。

それを見ていた者たちは、カトリーナに好印象を抱《いだ》いたようだ。

保守的な者たちからは態度についていろいろと言われたものの、情勢にあまり影響はなかった。

カトリーナはとても頑張ってあの結果をもぎ取ったのだから、称賛されるにふさわしい。

しかし、あの謁見《えっけん》の間《ま》でのカトリーナの行動を可能にしたのは、彼女だけの力ではない。

彼女に迫った死を払いのけた治癒師《ちゆし》の存在と、裏で暗躍してくれたエミリオの存在があったおかげだった。

カトリーナの怪我はひどいものだった。

胸から腹にかけて深々と剣が突き刺さり、太い血管を傷つけていた。すぐさま軍の救護班に運ばれたが、命を保っていたのが不思議なくらいだったらしい。

カトリーナがバルトの婚約者だと聞いた治癒師《ちゆし》は、死《し》に物狂《ものぐる》いで治癒《ちゆ》魔法をかけてくれた。そのおかげで、一命をとりとめたのだ。

しばらくは安静が必須であったが、治癒師《ちゆし》の頑張りと本人のしぶとさにより、サーフェに物申すことができたのである。

そしてエミリオである。

彼は、戦場で敵軍の魔法に流されてしまい、カルラのようには活躍できなかった。

それを不服に思った彼は、せめてもとばかりに裏工作に勤《いそ》しんでくれたのだ。

王都にいるカトリーナの両親にも力を借りながら、国王、宰相をはじめ夜会に参加していた貴族やトラリス家の騎士たちと話をしてくれた。

サーフェの父親であるトラリス家の前当主に対しては、強引な脅しもかけたのだが、結果的にサーフェにすべての罪を着せることができたのだから、両者に益がある話し合いとなっていた。

結局、バルトとカトリーナが動けるようになり、国王が戦争の終結を告げるまでには、三週間近くが経っていた。

カトリーナのお試し期間はとうに過ぎていたため、公爵家の使用人たちは『結婚を』と張り切ったのだが、そうは問屋《とんや》が卸《おろ》さない。

国王より、国内が落ち着くまで、結婚はお預けという形になったのだった。

そういうわけで、カトリーナはいまだに『公爵夫人（仮）』となっている。

戦争の終焉《しゅうえん》にまつわる謁見《えっけん》後、カトリーナたちは公爵領に戻ってきて、庭園前のテーブルでお茶の時間を過ごしていた。メンバーはカトリーナにバルト、カルラ、エミリオである。

「それにしても、まさか、サーフェの恋人があのアンシェラだったなんて……」

「間違いない。エミリオたちがしっかりと調べてくれた」

「そこは疑っていないんだけど……。私、アンシェラとは幼馴染《おさななじみ》で、とっても仲がよかったのよ？

あんないい子が、どうして……」

バルトの言葉を聞きながら、カトリーナは目を伏せる。

「……つらかったな」

「うん……」

カトリーナはすぐに顔を上げて、言葉を続けた。

「本当なの？　アンシェラが捕まっていないって」

「そのようです。私たちもいたるところを探したのですが、アンシェラ嬢が関わっていた貴族たちのもとからは、すでに引き払っていて、もぬけの殻。心当たりをすべて当たっているのですが、足取りはまったくつかめておりません」

「そう……どう思う？　バルト様」

カトリーナは、隣に座っていたバルトに話を振る。

バルトはというと、ほんのり甘い紅茶に舌鼓《したつづみ》を打っており、やや反応が遅れて返事をした。

「あの令嬢一人で何ができるとも思わん。だが、エミリオから聞いた話だと、あまり放置していいとも思えない」

エミリオの話だと、トラリス家の元当主やサーフェにバルト暗殺をそそのかしたのは、あのアンシェラだというのだ。

彼女の口車に乗せられて……と言うのは簡単だが、実際は信じられないことだ。

単なる令嬢の言葉によって、公爵家当主を暗殺しようとするなど、普通では考えられない。

その普通ではないことをしていたアンシェラという存在は、看過できない。

「引き続き捜索を続ける必要はあるが……もしかしたら国内にはいないかもしれないな」

「国外へ逃亡ですか？　それこそ、無理があるような」

「一つ気になることがある」

バルトの唐突な言葉に、三人が視線を向けた。

「なんです？」

エミリオが問いかけると、バルトは静かに頷《うなず》いた。

「ブラエ軍の力の入れようだ。いくら王位継承争《あらそ》いが活発になっているからといって、あんな風に攻め込んできたのは、やはり不自然だったのではないか」

「バルト様は、あのブラエ軍ともアンシェラが関わっていると？」

「いや、そこまではわからん。だが……用心するに越したことはない」

バルトはそう言うと、また静かに紅茶に口をつけた。

これ以上の議論は無意味だと、カトリーナたちは肩の力を抜く。

すると、少しだけ重くなったその場の空気を切り裂くように、エミリオが爆弾を投下した。

「そういえば、団長」

「ん？　なんだ」

「アンシェラ嬢のことは置いておいてですね……どうなんですか？　カトリーナ嬢とはうまくやってますか？」

バルトは顔を赤らめ、カトリーナは紅茶を噴き出した。

「いきなり何を言い出すんですか、エミリオ様は!? べ、別に普通にしていますわよ。ねぇ、バルト様？」

「あ、あぁ。そうだな。今までと何も変わらない」

動揺する二人に、エミリオは質問を畳《たた》みかける。

「変わらない、ですか？　それはおかしいですよね。カトリーナ嬢は団長のために命をかけて、団長はカトリーナ嬢を思って魔法の才能を目覚めさせたくらいなんですから。お互いに、どう思っているかなんてわかりそうなもんですが？」

そこまで突っ込むと、バルトは茹《ゆ》でだこのように赤くなってしまった。

きっと、カトリーナ自身も同じなのだろう。顔が熱くて仕方ない。

カトリーナは前世も現世も、恋愛らしい恋愛などしていない。

かなり刺激的な告白となってしまったが、それを思い出すだけでカトリーナの思考回路はショート寸前である。

ここぞとばかりにエミリオはいじり倒そうとしていたようだが、彼の隣には顔面を青筋だらけにしているカルラがいる。

それに気づいたエミリオは、言葉をのみ込んだ。そして紅茶を一気飲みすると、すぐさま立ち上がる。

「ま、まあ？　邪魔者はさっさといなくなるんで、お二人はゆっくりお茶でもどうぞ？　よし、行くぞ、カルラ」

「はい。そうですね。これ以上お二人の様子を見ていると、口の中が甘くなりすぎて気分が悪くなりそうですから。それでは」

不機嫌そうにカルラは立ち去り、エミリオは彼女の機嫌を取りながら遠ざかっていく。

二人の背中を眺めていたカトリーナだったが、ふと隣を見た。

すると、バルトと目が合い、とっさに視線をそらしてしまう。

「エ、エミリオ様も変なことを聞きますよね。私とバルト様は政略結婚のようなものなんですから。まぁ、そういった意味ではうまくやっているとは思いますけど」

やたらと気恥ずかしい雰囲気から脱却しようと、おどけるようにそう言ったカトリーナ。

バルトからの返事はない。

無言という最も困る対応に、カトリーナは困惑した。

再びバルトに視線を送ると、やはりカトリーナを見つめている。

どうしてそんなに、と不思議に思いつつも、羞恥《しゅうち》で視線を合わせていられない。こんなにも心臓が締めつけられるのは、人生で初めてだ。

「あの……何か言ってくれないと気まずいんですけど……」

「そうだな……」

そして、再び沈黙が訪れる。

いい加減、カトリーナの心臓も限界を迎えようとしていた。

だが、そんなぎりぎりな心臓にバルトはさらなる追い打ちをかけた。

「カトリーナ……覚えているか？　君が気を失った時のことを」

カトリーナの脳裏に、戦場で自分が意識を失った時の記憶がよみがえる。

あの時、『好きです』と言ったような気がしていた。声にはならなかったかもしれないが、伝わった可能性は高い。

それを今さら指摘して、どうしようというのか。

カトリーナは不満を込めて、バルトを睨《にら》みつけた。

「まあ、覚えていなくても構わないんだが。あの時、俺はわかったことがある。カトリーナ……君が敵の剣に倒れた瞬間、心から君を失いたくないと思った。むしろ、あんな状態にならないと気がつかなかった俺が、きっと不甲斐《ふがい》ないんだろうが」

彼の言葉に、カトリーナは思わず首を横に振った。

「だから、いい機会だから伝えようと思ってな――まぁ、その、なんだ……あれだよ、あれ」

黒獅子《くろじし》と国王から二つ名を授《さず》けられた勇《いさ》ましい男が、目の前にいる。

だが、彼は今、顔を真っ赤にしてしどろもどろだ。

そのギャップにくらりとなるあたり、カトリーナは彼に相当夢中になっているのだろう。

「きっと、俺は君が――カトリーナのことが好きなんだ。それだけは確かだと思った」

その言葉を聞いて、彼女の目から涙があふれる。

「なっ――!?」

バルトは、カトリーナの涙にうろたえた。

どうしていいかわからないのか、両手は空中をさ迷っている。

そんなバルトの不安げな顔を見て、彼女は笑みをこぼした。

彼は困惑し、眉をひそめる。

「泣いたのは……悲しいからか？」

その言葉にはおびえが見え隠れしている。

「いいえ。うれしいからです。うれしいと人は泣くんですよ？　だって、初めて好きになった人に、好きだって言われて……こんな幸せなことってありますか？　政略結婚なのに、好き同士になれるなんて、そんな、そんな、そんな――っ」

カトリーナは泣きながら両手で顔を覆《おお》った。

するとバルトは、そっと頭に手を置いてくれる。

「俺はずっと、自分の殻に閉じこもっていた。それを、君がぶち壊してくれたんだ。孤独だった俺に、誰かと交わる温もりを教えてくれた。誰かに話を聞いてもらうのがこんなにもうれしいことだったなんて、忘れていたんだ。庭園の世話は一人よりも誰かとやったほうが楽しいし、何気ないことを言い合うのも、とても心地いい。そういうことを、思い出した」

バルトの優しい声を聞きながら、彼女はそっと指の間から彼を見る。

するとそこには、今まで見たことのないほど穏やかな笑みを浮かべたバルトがいた。カトリーナは一瞬で顔が火照《ほて》る。

「でも、『誰か』と言っても誰でもいいわけじゃない。君を失いそうになった時、それがわかったんだ。……カトリーナ。俺はきっと君じゃなければだめなんだ。すでに結婚が決まっているし、あえて言うことじゃないかもしれない。けど、これは男として伝えたいと思う――」

バルトはそう言うと、そっとその場を離れ、庭園に植えられた花を摘《つ》み取った。

そして、再びカトリーナの前に戻ると、そっと口を開く。

「――結婚しよう」

そう言って渡されたのは、彼が好きだと話していたカスミソウ。

花言葉は『清らかな心』であり、それが彼の心をそのまま映していた。

心からの言葉として、バルトの真剣な想いはカトリーナに届く。

「……はい。こちらこそ、よろしくお願いします」

カトリーナには少し似合わない大人しめな言葉だが、この場の雰囲気には合っていた。

彼女はカスミソウを受け取ると、胸元でしっかり握りしめ、柔らかく微笑んだ。

男は、愛しい人をただ守ろうと思った。

女は、愛しい人をただ支えようと思った。

その想いだけを持っていた二人の物語は、まだまだ始まったばかり。

すべてはここから始まり、歴史へと刻まれていく。

そう、すべては、ここから――

◆

「バルト様。こっちでいいですか？」

「ああ、そうだな。問題ない」

バルトとカトリーナは今日も庭園で過ごしていた。

結婚式が延期となった二人だが、バルトは静養もかねて休んでいるし、カトリーナも暇を持て余している。

そんな彼女たちが過ごす場所といえば、庭園か畑がお決まりだ。

今日も朝から庭園にいた二人だが、庭園の中央に新たなスペースを作ろうと頑張っている。

「これで、こうして、よし！　植え替えが終わりましたね！　けど、本当にいいんですか？」

「ああ。この場所は、俺と父上との思い出の場所だが……きっと父上は、ここを締め切っていても喜ばない。だから、誰もが楽しめるようにしようと思ってな」

「素敵だと思います。じゃあ、このあたりの地面を踏み固めて、石を並べましょう！」

小さく四角く切りそろえられた白い石を、二人で円形に並べていく。

その上にテーブルや椅子を置けば、いつでも庭園を楽しめるお茶会スペースの出来上がりだ。

その出来栄えに、カトリーナは息を吐き手で汗を拭《ぬぐ》う。

「カトリーナ、顔に土が――」

「え？　えっと、どこですか？　こっちです？」

汗を拭《ぬぐ》ったときに土がついたのだろうか。バルトがどこについているか教えてくれるが、うまくとれない。

「いや、違う、そうじゃなく……むぅ」

カトリーナがまったく土をとれないので、見かねてバルトがそれをふきとった。

「あ、ありがとう……」

「いや、このくらい、気にするな」

些細《ささい》な触れ合いすら恥ずかしい。

さらに言うと、バルトも顔を真っ赤にしているのが余計に恥ずかしさを増長させていた。

そんな二人を遠目に見ながら、プリーニオとダシャは仕方ないなぁとばかりにため息をつく。

あきれた様子も隠すつもりはないようだ。

「なんなんでしょうね。あの初心《うぶ》な感じは。バルト様もカトリーナ様も、普段と違ってまったく根性なしですね」

「まあ、いいじゃないか。あの二人にはきっと必要な時間なのだよ……」

「そうかもしれませんが……ちょっと一目置いていたカトリーナ様がああも奥手だと、形無しというかなんというか」

「ダシャ、聞こえているわよ」

ダシャの陰口も、それほど広くない庭園では筒抜けである。

カトリーナは横目で彼女を睨《にら》みつけた。

「そう言いながらも……私がカトリーナ様を尊敬しているのだって、わかっていらっしゃるでしょう？　それとも、面と向かって尊敬の念を語ったほうがよろしいでしょうか？」

予想外のダシャの反撃に、カトリーナは言葉を失う。

バルトと触れ合う時とはまた違う恥ずかしさに、さっと視線を背《そむ》けた。

「そうやって言ってくれるのはうれしいけど……恥ずかしいじゃない」

「チョロいですね、カトリーナ様は」

「何よそれ！　やっぱり尊敬なんてしてないわよね!?　ねぇ!!」

声を荒らげて詰め寄ると、ダシャは笑う。

こうして軽口を言い合える関係を、カトリーナは快《こころよ》く思っていた。

「ははっ、ダシャも偉くなったものだ……さぁ、私たちも仕事をするとしよう。文句ばかり言って仕事もしないじゃ、私たちが愛想を尽かされてしまうからね」

「わかってますって」

そう言いながら、ダシャとプリーニオはお茶の準備に取りかかる。

カトリーナは肩を竦《すく》めて手についた土を払うと、バルトに声をかける。

「バルト様。ダシャたちが休憩の準備をしてくれるみたい。そろそろ終わりにする？」

「そうだな。一旦休憩がいいのかもしれないな」

二人が、庭園の前に置いてあるテーブルにつくと、すかさずダシャがやってきた。

「さぁ、どうぞ。ご主人様、カトリーナ様」

「仕事が早い……。さすがダシャ」

その誉め言葉に、ダシャは苦笑いを浮かべた。

「当たり前です。誰のメイドだと思っているんですか」

「ふふっ、そうね。じゃあ、バルト様。いただきましょう？」

「ああ」

カトリーナはダシャからお茶を受け取ると、そこに角砂糖を三つ入れて混ぜる。

バルトの好きな甘めの紅茶。

いつの間にか覚えた好みの味を、自然に彼へ差し出した。

「ありがとう」

「どういたしまして」

そんな自然なやりとりをしつつ、カトリーナはこの屋敷に初めて来た時のことを思い出す。

(あの時は、この庭園で殺すと脅されたなぁ)

つい最近のことだけれど、遠い昔のように懐《なつ》かしく感じた。

人生わからないものだ、と考えながら空を見上げた。

頬を撫《な》でる風が心地よく、カップからは紅茶の甘い香りが立ち上っている。

「幸せですね、バルト様」

突然の言葉に彼は驚いたようだが、すぐに微笑むと同じように言葉を返す。

「そうだな。カトリーナ」

二人は陽だまりの中、温かく笑い合ったのだった。

訳あり悪役令嬢は、婚約破棄後の人生を自由に生きる
原作 卯月みつび
Mitsubi Uduki
漫画 冨月一乃
Ichino Tomizuki
ものぐさ令嬢がぐ〜たら生活を求めて奔走する
異色の転生ファンタジー、待望のコミカライズ!!
大好評連載中！
（毎月第2火曜日更新）
俺の希望が叶った時にはできる全てを尽くしてお前の望みを叶えると誓おう
ぐーたら生活《ライフ》を送ること!!
でもそれに何か問題でも？

新＊感＊覚ファンタジー！

Regina レジーナブックス

イラスト／rera

★恋愛ファンタジー

皇太子妃のお務め奮闘記

江本《えもと》マシメサ

昔から好きだった帝国の皇太子のもとへ嫁いだベルティーユ。ところが、そんな彼女を待っていたのは……一人ぼっちの結婚式＆初夜＆新婚生活⁉ なんでも旦那様は、十数年前から命を狙われているせいで常に変装して暮らしており、会うことすらできないらしい。ショックを受けたベルティーユだけれど、幸せな新婚生活のため、皇太子の命を狙う者を探しはじめて——⁉

イラスト／縹ヨツバ

★トリップ・転生

転生メイドの辺境子育て事情

遊森謡子《ゆもりうたこ》

人の前世を視ることができるルシエット。前世で日本人だった彼女は、占い師をしながら同じ日本人の前世を持つ人を探していた。そんなある日、ひとりの紳士が女の子をつれてやってくる。彼に頼まれ女の子を視ると、なんと前世はルシエットと同じ日本人！ どうにかしてその子と仲良くなりたいと思っていたところ、女の子をつれていた紳士がいきなりルシエットに求婚してきて——⁉

詳しくは公式サイトにてご確認ください。

http://www.regina-books.com/

携帯サイトはこちらから！

RC
Regina COMICS
メイドから母になりました
1～4
大好評発売中!!
原作 Seiya Yuzuki 夕月星夜
漫画 Asuka Tsukimoto 月本飛鳥
アルファポリスWebサイトにて
好評連載中!
メイドから母になりました 4
夕月星夜
月本飛鳥
愛娘が 転生して凄腕メイドになった元女子高生、
見習い魔法使いの試験に挑戦!!
シリーズ累計12万部突破!! 子育てファンタジーコミカライズ!
アルファポリス 漫画
検索
シリーズ累計12万部突破!
子育てファンタジー
待望のコミカライズ!
異世界に転生した、元女子高生のリリー。
ときどき前世を思い出したりもするけれど、
今はあちこちの家に派遣される
メイドとして活躍している。
そんなある日、王宮魔法使いのレオナールから
突然の依頼が舞い込んだ。
なんでも、彼の義娘《むすめ》・ジルの
「母親役」になってほしいという内容で——?
B6判・各定価:本体680円+税

RC Regina COMICS
大好評発売中!!!!!
原作：青蔵千草
漫画：秋野キサラ
Presented by Chigusa Aokura
Comic by Kisara Akino
異世界で失敗しない100の方法 1~2
シリーズ累計12万部突破！
攻略マニュアル系ファンタジー
待望のコミカライズ！
アルファポリスWebサイトにて
好評連載中！
就職活動が上手くいかず、落ち込む毎日の女子大生・相馬智恵《そうまちえ》。いっそ大好きな異世界トリップ小説のように異世界に行ってしまいたい……と、現実逃避をしていたら、ある日、本当に異世界トリップしてしまった！ この世界で生き抜くには、女の身だと危険かもしれない。智恵は本で得た知識を活用し、性別を偽って「学者ソーマ」になる決意をしたけど——!?
アルファポリス 漫画 検索
B6判／各定価：本体680円＋税

待望のコミカライズ！

麗しい騎士隊長様のもとへ、政略結婚で嫁入りした伯爵令嬢のレオノーラ。しかし、旦那様は手を出してこないし、会話すらろくにない毎日……。そんなある日、旦那様の元恋人だという美女が現れる！ 彼女に別れるよう迫られたレオノーラは、あっさりと同意し、旦那様に離縁をもちかける。ところが、彼は激怒して離縁を拒否！　しかも、ずっとレオノーラを想っていたのだと言い出し——!?

＊B6判 ＊定価：本体680円＋税 ＊ISBN978-4-434-25557-1

アルファポリス 漫画　検索

この作品に対する皆様のご意見・ご感想をお待ちしております。

おハガキ・お手紙は以下の宛先にお送りください。

【宛先】

〒150-6005 東京都渋谷区恵比寿4-20-3 恵比寿ガーデンプレイスタワー5F
（株）アルファポリス　書籍感想係

メールフォームでのご意見・ご感想は右のＱＲコードから、
あるいは以下のワードで検索をかけてください。

アルファポリス　書籍の感想　検索

ご感想はこちらから

本書は、「アルファポリス」（http://www.alphapolis.co.jp/）に掲載されていたものを、
改題、改稿のうえ書籍化したものです。

婚約《こんやく》破《は》棄《き》されたと思《おも》ったら次《つぎ》の結婚相《けっこんあい》手《て》が
王国一恐《おうこくいちおそ》ろしい男《おとこ》だった件《けん》

卯月みつび（うづき みつび）

2019年　3月　5日初版発行

編集－見原汐音
編集長－塙綾子
発行者－梶本雄介
発行所－株式会社アルファポリス
〒150-6005 東京都渋谷区恵比寿4-20-3 恵比寿ガーデンプレイスタワー5F
TEL 03-6277-1601（営業）　03-6277-1602（編集）
URL http://www.alphapolis.co.jp/
発売元－株式会社星雲社
〒112-0005 東京都文京区水道1-3-30
TEL 03-3868-3275
装丁・本文イラスト－だしお
装丁デザイン－AFTERGLOW
（レーベルフォーマットデザイン－ansyyqdesign）
印刷－中央精版印刷株式会社

価格はカバーに表示されてあります。

落丁乱丁の場合はアルファポリスまでご連絡ください。

送料は小社負担でお取り替えします。


ISBN978-4-434-25727-8 C0093